亦

舒

作

品

那一天，我对你说

亦舒

作品
44

湖南文艺出版社

果麦天卷
CS-BOOKY

那一天，我对你说

目录

那一天，我对你说

壹·

一般人心中标准的幸福家庭，要求越来越简单：

一家人在一起，衣食不愁，已经足够。

一般人心中标准的幸福家庭，要求越来越简单：一家人在一起，衣食不愁，已经足够。

雷家还不只这样，难得一家都感情融洽。

雷妈说："是因为琪琪吧，这孩子够惹人喜爱。"

生下长女，又添一对孪生子，雷妈大呼吃不消，等到每个孩子都上学，以为可以自在几年，谁知忽然意外怀上琪琪。

雷妈痛哭。

大女已经八岁，抱着妈妈说："或许他会很乖呢，将来我们忙工作，他会与你做伴。"

雷爸很怕老妻会做出另类选择，人盯人，告假在家守候。

直到一日，雷妈外出选购婴儿用品，整家才释然。

雷家虽然宽敞，一时也腾不出婴儿房。

雷爸轻轻说："我睡书房，你与幼儿一起。"

"不如把婴儿床搬到书房。"

一对孪生子却懂事，实时愿意把其中一个房间让出，两人挤到同一寝室。问题解决了。

两个七岁男孩有点迟疑："会不会整晚哭？"

"一定会。"

"离远些，莫怪我们。"

照超声波、验羊水，证实是名女婴，雷爸很高兴。

雷妈进产房，一概谢绝参观，有医生看护做伴已经足够。

这次生养过程颇为辛苦，她对医生说："大龄产妇，不比从前顺利。"

"你做得很好，请继续努力。"

婴儿终于面世，呱呱坠地。

看护忍不住说："看她的尺寸，是个胖妞，怪不得妈妈吃苦。"

婴儿身上有大块黑色黏膜，雷妈吃惊："这是什么？"

连医生都哈哈大笑："这是胎粪。"

众人笑得弯腰，急急替胎儿抹身。

雷妈忽然觉得要疼这又胖又脏的婴儿多些。

"叫什么名字？"

"琪，Qi。"

琪是美玉之意。

"是，是，好名字。"

她的大姐叫净，两个哥哥是珅与球。

婴儿被抱到母亲怀中，像是十分委屈的样子，嘟着厚嘴唇生气，双眼肿得张不开。

大姐进来看见，大吃一惊："哎哟，这实在是世上至丑的女婴，怎么办？"

雷妈紧紧抱着不出声。

两个哥哥咕哝："光头，额头像沙皮狗。"

雷爸却高兴得不得了："丑些好，可专心读书。"

他错了。

长到两岁，抱着幼儿逛商场，已有陌生大人驻足凝视："这真是个小美人。"

雷父乐不可支。

琪琪胖豆似的脸形渐变成鹅蛋形，双眼越来越大，天然双眼皮细细的，只有垂眼才看得清楚，而且她虽手小脚小，但身形纤长。

大姐讶异："小妹比我们都好看，幸亏把她生下。"

雷妈生气："掌嘴，谁想过不生下她！"

琪琪不大讲话，因为她最小，并无发言权，她喜欢抱牢他们的大腿或小腿蹲下，从家一角走到另一角，不用花力气。

这样疲懒，家里每一个人都笑。

十一岁时已有男生敲门："琪琪在吗？我们约好一起上学。"

雷父已有戒心。

大姐陪琪琪选购内衣，雷净说："内衣要漂亮，而且得与内裤配对。"

琪琪一看，那些胸衣全部硬邦邦，掉地上会"噗"一声，而且形状不变，被乳胶与铁丝撑着，又满满织着蝴蝶结与花边，她吃不消。

她走到另一角落，看到一张皮肤那样的薄薄欧陆型胸衣，她说："我要这种，只分大中小，多好。"她买了半打。

大姐发觉她与小妹有代沟。

琪琪穿大球衣、军用裤，尺码不合也不要紧，用两个哥哥的旧皮带束紧就好，穿脏球鞋，鞋带都断开还不愿更新，每次要替她买鞋，她都说"我很好"。

开始迷功课，尤其是生物科。"妈妈，有科学家说，只要三十万美元他便可以复制尼安德特人。"

这几个字叫小琪琪听到，立刻扬声当歌唱："老小姐、大龄女、剩女……"被大姐追着打，从客厅追到寝室，躲床底，被大姐抓着一只脚，拖出继续打，哇哇叫。

两个哥哥在邻房钻研显微镜下的切片，听见尖叫笑闹，不禁说："雷净真恐怖，让人看了不敢读美术科。"

两个哥哥却有同好："据说复制恐龙已能实现。"

"哪种？"

琪琪抢答："希望是 T.Rex[1]。"

这样，算是幸福家庭了吧。

但是，女孩子总还有一关要过。

---

[1] T.Rex：全称 Tyrannosaurus Rex，即霸王龙。

那是恋爱。

雷净二十三岁还没固定男朋友，她懊恼地对母亲说："我恐怕将做老小娶妻。"

那边小琪挣扎着爬起，咚一声撞到衣柜门，柜门轻轻打开，雷净站起来，看到柜门里贴着的七彩照片，不禁怔住。

她索性打开柜门细细观察，只见林林总总，形形色色，都是裸男照片，也不是全裸啦，有些穿内裤，有些揽毛巾，但通通光上身，露乳，体毛浓密，表情诱惑。

雷净一时血不上头，瞠目结舌，瞪着小妹："你……你……"

"怎么了？"

"这些不雅淫亵照片你可是从万恶的互联网得来？"

琪琪没好气："互联网上的照片不是每张都允许下载，这些都是我自各种途径寻得。"

"为什么？"

"因为好看呀，两个哥哥为什么在房里贴体育绘图、女郎？你有没有看其中一本特刊：女郎身上每件别致泳衣都由人手绘上，哥哥视若瑰宝。"

"他们是男生！"

"大姐，"琪琪笑嘻嘻，"你这就不对了，男生读理科，女生也行，男生女生均可以眼睛吃冰激凌，你说是不是。"

"啊，妈妈可知道？"

"妈妈说，模特中，数西班牙裔的阿利汉杜最漂亮。"

"妈妈纵容你。"

"妈妈上年纪变成中性，非常客观，只有老小姐们在吃人的传统观点与新世界之间挣扎。"

琪琪手背上啪啦着了一下，雪白皮子上顿时凸起五指印。

她不甘心："唏，你不喜男性体毛？那你房间为何摆满毛毛玩具？有一只浣熊玩具上的毛头已被你摸光光，秃了还捏手里不放，嘿，弗洛伊德有话要说……"

雷净被琪琪气得脖子都涨红。

这时，邻房兄弟提高声音："静些好不好？"

琪拍拍身上灰尘走到兄弟房去。

"看什么？"

"显微镜下一滴水里的阿米巴。"

"照达尔文的说法，也就是人类始始祖。"

琪琪一张望，便着了迷。

"喜欢？"

小琪颔首。

"几时抽空到我们学校实验室，我给你看 TEM（透射电子显微镜）及 SEM（扫描电子显微镜）电子显微镜，可放大一百万倍，$2\mu m$ 的细胞都可以看清楚。"

"哗。"

"小琪，人类全部基因图表已有解答，你也读生化系吧，哥哥可以指导你，比起天文物理，只了解宇宙奥秘百分之四左右，生化科强多了。"

"你们愿意帮我？"

"喂喂喂，小妹，帮不是代写功课。"

琪琪笑嘻嘻："好，我也选读生化。"

哥哥们说："那你数理化，特别是微积分，都得取得九十二以上好分数。"

雷净在房内怔怔地看牢她拥有的毛毛玩具，小妹所说的潜意识，都是真的吗？可怕。

她心中，真的渴望抚摸男性浓密的头发与双眉吗？

小妹真是无惧坦诚、豁达的新生代。

比起琪琪，老姐是何等逃避闪缩。

这时公司来电话找她。

"净，我们知是周末，但可否实时到周氏摄影室来一趟，你设计的布景图已经装嵌，请你指正。"

"三十分钟。"

净马上更衣出发。

到达现场，模特已在布景前摆姿势。

她一抬头，便发觉三扇 10 英尺 ×4 英尺的布景板左右次序调错，心中不禁有气。

她问摄影师："由谁装嵌？"

摄影师高叫："小津，找你。"

布景后转出一个年轻人，他高大漂亮，一脸阳光笑容，穿一件工人裤，光上身，却戴着安全帽厚手套，手中握着工具，肩膀上卷着一捆电线。

"谁找我？"

"雷小姐，布景设计人。"

那小津讶异："是吗？你好。"

他没想到看见那样一个可人儿，不禁欢喜得扬起一条浓眉，像所有男人一样，笑眯眯看牢明艳的她。

雷净见他走近，发觉他整张脸上是亮晶晶的一滴滴汗珠，像露水那般，并不汇聚。他手臂上汗毛，长得几乎可以梳理，顺服地贴在肌肤上，像逗小猫翻转身，它肚皮上那些软毛。

雷净看得发愣，忽然面红，转过脸去。

这时美术指导走近："Z，你来了，真感激你把布景做得如此美妙，我决定把整辑照片搬到它面前拍摄……"

净见上司赞不绝口，心想，这时还发牢骚纯属不智，她不出声。

"让我介绍小津，他是演艺学院学生，找不到角色时在此间帮忙，功夫准而快，我们几乎希望他放弃演技，哈哈哈哈。"

净仍然不出声。

回到家，她在日记上这样写："小津的美貌是如此耀目，不能逼视，看他，最好用一张硬纸，钻一个针孔，像观看日食那样自小孔张望，才不致刺目。"

小津有漂亮到那种地步吗？至少在雷净眼中如此。

五个月后，雷净向父母提出要求，要搬出去住。

"我已成年，老大，那间公寓近工作地点，我想尝试独立生活。"

雷母："你是少女，独居不妥。"

净轻声反驳："做母亲的责任仿佛就只是反对子女的一切选择。"

"你这次出去，是为着方便招呼朋友吧。"

净不出声。

雷琪躲在一角听到，心中恍然大悟，"啊"的一声。

"那人可是叫小津的日本人？"

"他英籍，母亲是日裔。"

雷父："他是一个杂交种。"

小琪至今才知道那漂亮高大的年轻男子是混血儿。

"在我眼中，爸，你是殷商，在许多人心目里，逢商必奸。"

雷妈知已无挽回机会，子女大了，总要离巢。

"可是，他没有正当职业。"

家长心中，除了医生或教授，根本没有其他职业。

"你去吧，叫小津来见我们一次。"

"明白。"

小琪忽然感触，大姐是她心中的玫瑰公主、百合仙子，今日，因为一个身份不相配的男友，忽然贬值。

她这次离家，是要与小津同居，并且，收留他在她的私人公寓里。

女孩子，读好书，做妥事，还得找个配对男伴，否则，美中不足，又成话柄，真难。

小津来了。

牛仔裤、白衬衣，已如玉树临风。

小琪喜欢他。

他关在书房与雷氏夫妇详谈许久。

终于走出书房，他似乎有点累。

琪琪在楼梯底叫住他："小津先生。"

他看着她："你一定是雷家的安琪儿 [1] 琪琪。"

小琪问："你们在书房说些什么？"

---

[1] 安琪儿：英文 Angel 的音译，意为天使。

"长辈要我告诉他们，我会永远爱着 Z。"

"你怎么说？"

"我爱 Z。"

"永远？"

小津答："永远。"

小琪目光落在他手臂上，她想：真奇怪，前臂的汗毛直至手背，上臂却光滑，眉毛胡髭腋下那样糙，胸前与手臂却十分柔软。

她忽然伸手去抚摸小津汗毛，触觉像一层网纱。

小津一怔，随即大方应付。

小琪接着老气横秋地说："请爱惜我大姐。"

他们两人在一起相当快乐。

雷净每周回家一次，总是容光焕发。

小津只在大节才出现，一次比一次好看。

渐渐有导演找他演些不重要角色。

也有人看到他在西餐厅做侍应生。

所有未成名的演员都打杂工。

那些，小琪对父母说，也是正当职业。

"她有没有提结婚？"

小琪摇头。

"怎么会看中那样一个人……"

小琪也问过大姐，雷净说："你不会明白。"

"可是爱情盲目？"

"我们同男生一般要读书、做事自立，为什么不能像男生一样，爱与谁在一起都开心，我挨到成年，只想与活泼漂亮的小津一起吃喝玩乐，与他到沙滩游夜泳看日出，一起学跳骚莎舞[1]，到酒庄试酒，他替我拍照，我为他画像，闲时找特色小馆子尝美食，我干吗要做身份地位的奴隶，我对名利丝毫不感兴趣。"

大姐竟如此浪漫。

雷妈说："她读好书，有职业有收入，娘家大门又永远开着，觉得吃亏可以马上回家。"

雷爸生气："这种话叫琪琪听着学坏。"

小琪不出声。

---

[1] 骚莎舞：Salsa，萨尔萨舞，一种拉丁风格的舞蹈。

雷爸曾为大女介绍男友，着重家世与学历，那些男生，小琪都见过，他们自前门入，大姐从后门溜脱，他们有些似放在花园做装饰的小矮人，有些傲慢跋扈，不要说是雷净，连小琪都不喜欢。

此刻，净找到她的灵魂伴侣。

原先以为过一两年，这一对年轻人会厌倦分手，但是不，到第三年，仍在一起，雷妈首先软化。

她会凝视小津英俊面孔，轻轻说："左边眉毛比右边略长一点。"小津双眉长三英寸宽半英寸，女性都喜欢英气浓眉，雷爸却说："贼一样。"

是一个小贼把他大女偷走，他愤愤不已。

因此把琪琪看得更紧。

琪琪到大学，还没有与男生上街。

她认识文丞，由父亲好友张先生介绍。

张先生在大学教书，升到系主任，招待新生吃茶点，师母邀雷琪过去帮忙。

琪琪穿起长围裙，任二厨，忙得不可开交，搬抬扛，毫无怨言，一头大汗。

她头上扎一方头巾，笑嘻嘻，边做边向师母讨教烹饪之道。

她没有注意的是，一直有人在厨房门边打量她，那高大年轻男子一边吃苹果一边微笑凝视。

琪琪带着小小收音机，听流行曲，有时忍不住随拍子扭腰，跟着唱："如果在一个夏日，你离我而去，你不如把日照也带走，我会逐日死亡，直至你再度出现……"

本是首悲歌，不知怎的，小琪唱得非常愉快俏皮，仿佛在开玩笑：我不过是说说而已。

那年轻男子听得入神。

忽然师母叫他："大丞，你站那里做观光客多久了？还不来帮忙。"

他丢掉苹果朝琪琪走去："我叫文丞，你是……"

琪琪双手端着一只炒锅："我叫雷琪。"

师母接过锅子，她才与他轻轻握手，她一手油腻。

师母说："把水果洗净放入盘子拿出去招待客人，今日来了几个？"

"一共十一人，七女四男。"

师母诧异："理科也女生多过男生了，琪琪也是理科生。"

他们把自助式糕点端到饭厅。

琪站在长桌后为众人添菜。

文丞一直在她身边帮忙。

聚餐结束后，一身汗的琪琪坐在露台吃冰激凌乘凉，文丞走近。

他很直接："琪，我可以和你约会吗？"

小琪抬起头，看到文丞阳光般笑脸，少女十分有感应："我得问过爸妈。"

"我亲自去应征。"

两人都笑了。

文丞教琪琪："把这个汽酒，与冰激凌混和，更加香甜可口。"

琪琪答："妈妈说女孩在外不可喝酒。"

文丞一听："是，说得是。"

这是一个小公主。

他一向不大喜欢这类纯品小女孩，但品学兼优的琪琪是例外。

文丞第二天就上门约见雷爸。

他换上西服，系好领带，一本正经地说："雷先生，请允准我约会令千金雷琪，我叫文丞，我在大学任张主任助手，身份是讲师，我专修热能动力……"雷爸渐渐露出笑容。

他称赞文丞："看，多懂规矩。"

其实他心底知道，有无规矩都一样，这些年轻男子，心里只有一个目的，但，做父母的还能怎样呢？面子上过得去，就好自己端把梯子，咚咚咚走下台了。

怎么看，雷家都是个幸福家庭。

雷妈咕哝的，不过是鬓边又添多白发，颈肤全部失却弹力之类。

直到一个初冬傍晚，雷净回到娘家，一声不响，取过一罐啤酒，一口气喝光，坐着发愣。

琪琪出来看到大姐衣履尽湿，连忙给她大毛巾裹身。

雷净脱去外衣，美好身段尽露，但她有心事。

琪琪看到姐姐失去笑容，轻轻问："你可是怀孕？不要紧，养下来，我帮你带。"

雷净不禁握住妹妹的手："不是，不是。"

"为何不开心？"

净走近琪的手提电脑，键入 YouTube，不一会儿，一个片段出现。

像是个颁奖礼，司仪站中央，右旁是小津，穿着西服系领带的他笑容可掬，十分潇洒。

都说一个人将近走红，会有一个样子，连小琪都觉得，小津先生即将走运。

咦，这时，司仪请一个穿红裙的艳女走上台，这女子冶艳到极点，小小裙子似布料不足，前低后凹，大腿侧开高衩，她走过小津身边，忽然间，观众起哄、怪叫、吹口哨。

这是怎么一回事？

小琪没看清楚。

只见小津脸上露出讶异之情，退后一步。

荧幕上打出了"回放慢镜"字样。

小琪火眼金睛那样凝视画面。

她看清楚了，"啊"的一声。

原来那艳女在前边走过小津身旁，竟悄悄伸出左手，捏了小津下体一下。

哗。

现场观众看得乐不可支，大声叫嚣。

艳女若无其事走到司仪身边站好，片段中止。

雷净以手掩面。

"她是谁？"

"新晋艳星王一心，将与小津合演新片。"

"小津有机会拍戏？"

"是。"

"那多好。"

净一直摇头，神情落寞。

"姐，他并非主动，他被非礼，不是他非礼人。"

"女方竟那样大胆无耻。"

琪想一想："姐，她是演员，该行竞争激烈，非得采取一些哗众取宠手段不可，她只有那么三五载搏斗空间，迅速色衰，届时，又一票新晋艳女现身，故不得不流血演出。"

"琪，你会那样离谱吗？"

琪答："姐，我已经二十一岁，这个女子，顶多十八九，她是另外一代，她无惧无畏，丢下所有包袱，豁出去求换名利，她认为隔着衣服当众摸一把是搞笑之举，难道只准男人毛手毛脚？"

净听得面色发白。

"你已二十一岁？"她颤声问妹妹。

"是，姐，我也有男朋友，你见过他，他叫文丞。"

净垂首："我已老大。"

"胡说，姐，我陪你出去散心。"

自那时起，雷家天空仿佛多了一团乌云。

小琪与大丞一起观看那个片段。

"呵，"大丞骇笑不已，"外头已经变得如此疯狂？"

"放心，那是演艺界，在台上，做新闻，私底下，恐怕男人还是得不到那样优遇。"

"换了是你，你会像净那般生气？"

琪嘘出一口气："我不会结交那样的男朋友。"

大丞笑："我才合你心意。"

琪用小手捧起他的脸，噗噗噗那样吻他脸颊："文大丞，我对你说，我会永远地爱着你。"

文丞心花怒放："呵，小琪。"

下午，他俩把雷净请出来一起喝下午茶。

大丞要逗净笑，便说："大姐，热能动力有三个定律，我讲给你听。"

"我读美术，我不懂这些。"

"大姐，第一定律是：你不会赢。"

小琪不禁好笑："你，是谁？"

大丞答："指所有与热能动力发生关系的事物。"

"哗。"

"第二定律：你也不可能打和。"

小琪诧异到极点："呵，这像赌场。"

"第三，你也不能退出。"

小琪嘻哈绝倒："多么恐怖，似黑社会。"

但雷净却苦笑："不，像恋爱。"

小琪止笑，姐说得太正确：永无赢面，亦不能全身而退，必输无疑。

姐妹面面相觑。

文丞有点尴尬。

雷净郁郁寡欢，家人十分无奈。

珅、球两兄弟有话说。

"那种狗男，丢得快，好世界。"

"大姐，我帮你介绍，整个医学院任你挑选。"

"爸妈从来不喜欢那小津。"

"什么人在江湖，身不由己，全属放屁，借口。"

"大姐，你有难了。"

老实说，小琪也觉如此：在一起那么些年，不结婚，也不要孩子，女性有生理时钟，到了三四十岁，怀孕必然艰难，甚至不育。

他拖累她。

他无疑非常喜欢她，但他爱自己更多。

小津的新戏推出，他随导演与女主角四处宣传。

雷净搬回娘家。

球球把她带回的行李全部扔走："姐，我替你买新的，那些衣物有晦气，不要了。"

"请莫律师写封信，让那人搬走。"

净轻轻说："他已经走了。"

"找地产经纪把房子收拾粉刷，重新出租。"

就那样，一个女子一生中最宝贵数年已付诸流水。

大姐原来的睡房立刻恢复原状，雷妈捧进一大瓶姜兰，放在床前，又放一缸柠檬在床尾，房间空气顿时清新，不只是雷妈，连雷爸也不发一言。

有娘家多好。

净并不显得特别伤心。

她淡淡地说："什么年纪了，已无资格疯疯癫癫闹失恋。"

有事，放心里，像内出血，倒在地上，表面没有伤痕。

从此，雷家再没见过小津。

只有小琪敢问："你不憎恨他？"

"同他一起几年非常开心，时间过得很快，他也有付出，他的七年亦很宝贵。"

小琪感动："姐，你真豁达，你是世上最佳女友。"

净苦笑。

她从未试过认真工作，忽然专注，成绩斐然。

琪与文丞放心不少。

大丞说："小津是那种即使微笑着朝我走近，我也会叫他吃耳光的人。"

琪不出声。

"白吃白住这些日子，拍拍屁股走掉，可恶。"

"大姐不那么想，她觉得互不拖欠。"

"有谁那样对我的女儿，我要他狗命。"

琪却说："打老鼠要顾着玉瓶儿。"

大丞颓然："你说得对，投鼠忌器。"

第二天，他无端吃了一顿骂。

珅、球两兄弟忽然瞪着他良久，喝问："你又有什么打算？"文丞吓一跳。

"你天天在雷家混得滚瓜烂熟，可打算与琪琪结婚？"

文丞笔挺站立："我与小琪已有默契，随时结婚。"

"她还是孩子。"

"她还有一年毕业，不小了。"

"小琪还要读医科。"

"琪琪对鉴证较有兴趣，进修时我们可以结婚。"

"你有能力？"

"我有正当职业，张主任可予做证，薄有积蓄，已在物色住所。"

琪琪在一旁聆听，并不阻止，她也想知道男友意愿。

"婚礼怎样办？"

"我喜欢简单大方庄重的婚礼，如琪琪爱大宴亲朋的话，我不会反对。"

坤、球两兄弟似乎满意了。

坤说："文大丞，你要知道，琪琪是我们疼爱的幼妹，假如她不开心，你的人头落地。"

球接上："并且会被踢落大西洋。"

大丞摸着后脑："明白。"

有兄弟真好。

大姐微笑："小妹要成家了。"

小琪腼腆。

一次去商场，看到一辆婴儿车，两条没有穿鞋袜的小胖腿不住弹动，走近一看，十只小小豆般足趾张开似的跳舞，小琪笑着凝视。

那男婴见有人看他，他也张嘴笑，把本来握着的玩具丢开，张开胖手臂，手指一开一合，示意要抱。

琪琪受不住诱惑，走近两步想伸手。

她被大丞拉开。

"不要叫人家妈妈受惊。"

果然，幼婴妈妈推着婴儿车，光速那样离去。

大丞安慰："我们自己生一打。"

琪琪肯定点头。

第二天，张主任召班上优秀学生到办公室开会。

同学们议论纷纷："什么事？""莫非政府对于铁路华工遗骸一案有所表示。""抑或是五角大厦军事鉴证组等人用。"……

张主任走进："都不是。"

同学们看着他。

张主任脸色凝重，他站好才开口。

"本市东端一带自十年前起一直陆续有职业女性失踪，据警方统计，约有百来名之多。"

同学听说过此事，均不出声。

"警方于日前侦查到疑犯，该名男子已被逮捕。"

"啊。"

"这是本市有史以来最恐怖的连环谋杀案。"

同学们嘘出一口气："终于侦破。"

"目前，是搜集证据的时候，凶案第一现场，是位于市郊的兰顿猪场。"

同学们毛骨悚然。

"不！"

"可怕！""可以想象发生什么事。"……

"警方需要大量鉴证科志工人员，与我系联络，有志者请立即举手。"

琪琪轻说："义不容辞。"举起右臂。

各个同学，没有一个退缩。

好家伙。

张主任露出高兴神情："你们要知道，这是一项艰苦工程，猪场面积三十英亩，警方已决定翻动每一英尺土地，你们连同考古学同学，将一星期工作五天，直至工程完成，这不是一宗愉快的任务，其中你们会见到人性极之阴暗可怖一面，这是最真实的实习。"

有人轻轻说："去年有学长到达……"

张主任说："两宗都是艰苦任务。"

没有人退出。

"很好，警方会派员指导你们。"

有人嚅嚅问："关于学分……"

"可代替整个学期。"

同学们觉得公道，取过数据回去细读。

文丞接琪琪回家。

琪琪骑到大丞背上，把猪场一案告诉他。

"别向我爸妈提起。"

大丞背着她在屋里走来走去，状似年轻情侣玩耍，实则谈论严肃事件。

他说："我觉得此案恐怖。"

"这是鉴证科工作。"

"连我都不想你去。"

"你不会干涉我。"

雷净看到文丞背着妹妹在楼梯间走上走下，不禁同雷妈说："两人似孩子般，怎么结婚。"

雷妈答："大丞愿意陪她玩，琪琪运气好。"

这时琪琪在大丞耳边说："这段时间，我们将入住宿舍，并且三缄其口。"

"打算怎样向父母说假话？"

"到你家处理功课。"

"也好，"大丞叹气，"你不高兴，我人头落地。"

那天晚上，雷净在看一本杂志，里边有一篇访问小津现任女友——那艳星，原来她只有二十一岁，却大胆向记者解释××的分别，还有，粗言秽语，大叫口号："淫荡胜刻板。"结果记者只好说：下次，我们只登她照片，不再让她开口。

那样一个女子！

琪琪想，幸亏大姐输了，否则更惨。

琪琪讽刺地说："很适合小津先生。"

雷净不出声，打一个哈欠。

那天深夜，琪琪忽然醒觉，她听见邻房有极细碎的饮泣声：大姐在哭泣。

小琪不出声。

她枕着双臂，看着顶灯，只要家人爱她，净还是幸福女子。

第二天一早，天蒙蒙亮，她与其他同学在校园集合，乘大车一起出发前往现场。

大学所有有关学系的同学倾巢而出，共六十余人。

那日阴雨，天色森暗。

现场附近有记者及好奇市民围观。

未接近就闻到奇异气味。

雷琪嗅觉十分灵敏，已觉难受，其他同学面面相觑："污秽气味""猪粪臭""腐烂"。

他们先接受有关防疫注射，然后穿上整套生化衣物连面罩口罩。

整整三十英亩地都是泥泞，两间连接的木屋里散布着各式机械。

各人在警方指示下分组工作。

午膳时分没人有胃口吃饭。

发掘组已经找到五十七只鞋子，二十二只配对，其余单只，整齐摆放在漆布上。

雷琪走近细看。

都说，从一个女子的鞋，几乎可以看到她整个人。

雷琪一直只穿球鞋：舒适、坚固、防滑、脚踏实地，见客时穿平底芭蕾舞鞋式样的黑色漆皮鞋。

现场挖到的鞋子染满泥浆，刮损破蚀，鞋头与鞋跟都歪在一边，鞋带断脱。

这时，有一只透明塑料制造的高跟厚底鞋忽然闪起亮光，鞋底装置的灯泡电池尚未用罄，光像鬼眼般眨起，叫人寒毛直竖。

雷琪见过这些流莺在东区半明半灭灯光下走来走去寻找顾客，有时夜雨阴寒，她们仍然守着灯柱，等候生意。

雷琪觉得那就是地狱。

是她们一步步走下无底深渊。

此刻人已不在。

泥沼里随时可见到丢弃的破衣、皮夹、手袋，作案凶手并不刻意隐藏证据。

警方人员走近："雷女士请你负责工具室的证据收集。"

雷琪点头。

工具堆放在一间空敞木屋，板凳木台，非常污秽。

雷琪打开工具箱，想一想，决定先在平面及利器上搜集证据。

那是极之腌臜却考耐力的工作，雷琪独自默默操作，一件件样板抽样标签。

这时张主任带着穿军服的客人进木板屋视察。

穿着生化服的雷琪朝他们颔首。

现场令军人都却步踌躇。

他们只逗留片刻便离去。

稍后同学进来叫雷琪："回总部开会。"

雷琪捧起样板离开。

他们与警方开会至深夜。

张主任说："五角大厦鉴证组闻此案震惊，今日曾来参观。"

"他们对别人家什么都好奇，对自己国家的苦难却视若无睹，丈八灯台，照得见别人，却照不到自己。"

"这个意见很正确。"

大家最后决定：一，因该项艰辛工程决非数月内可以完成，他们工作一个学期后志工任务将由其他学校继承；二，需要心理辅导；三，详细分配工作岗位。

这宗任务令所有同学成长。

凌晨回到家里，雷琪在热水下淋了半个小时，换上运动衣，倒在床上，熟睡。

她做了一个梦。

那是一个风和日丽蓝天白云的好日子，一望无际的紫色薰衣草田，琪听不到一丝响声，她讶异：怎么会到这里来？这不是法国东南部的普罗旺斯吗？

这时有人叫她："琪琪，琪琪。"

她转过头。"大丞，"她欢喜，"你也在这里。"

她迎上与他拥抱。

"琪琪，我非常爱你。"

"我也是，大丞。"

"我要你快乐。"

"我明白。"

大丞轻轻捧起她的脸，微微笑。

四周光线渐渐暗下去，雷琪再度睡熟。

天亮了，闹钟还未响。

又是一个阴雨天。

楼下有许多脚步声与开门关门的声音。

还有不停的低语。

谁？谁一大早在雷家开会。

琪好奇，起床，推开寝室门，朝楼下看去。

啊，所有人都在。

爸、妈、大姐及两个兄弟，最奇怪是张主任与张师母也脸色灰败地低头不语，琪发愣。

发生什么事？

这时雷净抬头，看到妹妹。

她跑上楼梯，抱住琪琪，把妹妹的头窝在她胸膛，紧紧抱住不动。

姐妹俩坐在楼梯间。

雷琪大惑不解，看牢姐姐。

雷净忽然落泪。

雷珅在妹妹耳畔说："琪琪，文丞凌晨交通意外身亡，你要节哀顺变。"

琪茫然抬起头。

大哥说什么？

她看到父母的忧伤神色，还有张主任爱莫能助的彷徨，她缓缓站起："我做噩梦，我要回去再睡一觉，醒后一切都会安好。"

琪琪摇摇晃晃扶住楼梯栏杆。

两兄弟连忙拉住她："琪琪。"

雷爸说："让她休息也好。"

雷净不放心，追进房间。

琪真像睁不开双眼，蜷缩床上，用被褥遮住头。

"琪琪。"

她不应。

"琪琪，我是你大姐，我不说你，没人会得罪你。这个噩耗十分突兀，大家都伤心欲绝。文太太急痛攻心晕厥，已送医院治疗。这是你接受考验的时刻。"

琪琪一动不动。

"琪，你我两姐妹共同失去所爱男人，也许，你比我幸运，你俩在一起，每一刻都温馨、甜蜜、快乐，没有苦涩、丑陋，而我，却看到他欺骗的心，在我离开他前一天，我尝试躺到他手臂上，他却对我说，我的头太重，压得他酸痛，他推开我，叫我知道这是离去的时刻。"

雷净如梦呓一般轻轻诉说，这是她首次提到伤心事。

净轻轻掀开被褥，琪没有眼泪，没有表情。

"父母爱你，姐与两兄弟也爱你，你要振作。我们一家六人安全地在一个屋顶下，我们仍是幸福家庭。你已成年，话我已说完。琪，给你三天，之后，你给我起来，走出寝室房门。"

琪仍然毫无反应。

噩耗一时没有进入她心房，她还未能接受事实。

这时张主任在房门外说："琪琪，我替你告假。"

净说："那么多人爱你，别叫我们伤心。"

她离开妹妹寝室，掩上门。

净实在忍不住，蹲坐在房门口，泪流满脸。

雷父说："我往文家探访。"

张主任连忙答："文家暂不见客。"

雷妈不禁饮泣。

琪不眠不休，躺在床上不动。

睁着双眼之际，她仿佛可以承认悲剧已经发生，无可挽回，她吃了命运一记狠狠的耳光，金星乱冒。而且，她有其他责任，为了家人，她一定要好好活着。

一合上双目，她却不信文丞已经离开这个世界，他好似还在给她发电邮。

这样半明半灭受煎熬，雷琪吃不下睡不着，很快脱相，她呆坐地下角落，掩着胸口，为什么是我？她不住问。

可是，这种极之普通的悲剧每天发生，每日都有家庭要在绝望余烬中，设法活下去。

家人每日三餐，给她送食物，放在门口，待她取食，不去打扰。

琪把食物搬进房间，放进浴室。

雷妈对着老伴垂泪。

"还以为两个女儿的婚姻都有着落，谁知却是镜花水月，一场空。"

"她们还年轻。"

"我真难过。"

"文家更不堪。"

"唉，文氏两老真不知怎么活下去。"

"我们应当庆幸那晚琪琪不在车上。"

"太可怕，我不敢想。"

雷净说："我要去叫琪琪起来照常过日子。"

"你可有听到她哭泣？"

雷净嗒然："没有。"

她轻轻敲房门："琪琪，琪琪。"

房门倒锁，净一下没推开，她扬声："琪，说好三天，不得讨价还价，你已不是十七岁。"

仍无回音。

这时净鼻端忽然闻到腥臭味，她这一惊非同小可，急得用肩膀一撞，推开门锁。

雷妈急问："小琪怎么了？"

幽暗中只见琪琪蜷缩墙角，净扶起她，忽然力大无穷，把小妹抱到床上：她是她妹妹，她不觉得重。

净转头说："叫阿球或阿珅回来。"

雷妈连忙跑去打电话。

琪低声说："我没事。"

净打开窗，让阳光进来，发觉琪一身污秽。

雷妈低呼："血。"

净连忙检查，叹气，在母亲耳边说一句。

"那赶快更衣。"

才三天，琪琪变成一只蓬头鬼。

两兄弟飞车回家，发觉小妹身上全是红斑，立刻慎重起来，急忙用剪刀剪开她身上运动衣裤，仔细检查。

琪见家人如此紧张，内疚："我没事。"

琪自己也是医生："没事。"

雷珅忽然松口气："是痱子，快备水洗澡，我去取薄荷叶及止痒膏。"

只见雷琪骨瘦如柴，本来精瘦的她此刻手臂似一个十岁孩子，她姐姐心酸。

净走进浴室，发觉三天来的食物连盘碗全堆在浴缸，小小果蝇滋生飞舞，一股霉臭味冲人欲呕。

雷妈顿足，急急叫人帮着收拾。

两兄弟把妹妹扛到另一间浴室，把她泡进温水，一边斥责："隔一条街后巷就有垃圾箱，把你丢到那处住可好，你是有老父老母的人，如此作贱身体发肤，真正不孝。"

雷净嘘："出去出去……"

她喃喃说："他们懂个屁。"

净替小妹沐浴。

"我自己来。"

"你自一至三岁都由我服侍，记得吗？与橡皮鸭坐浴缸，大半钟头不愿起来，用水枪到处射，一边叫：'杀死你，蚊子。'"

净仔细帮妹妹抹身。

净扶她起来，穿好衣服，喂她喝流质健康饮品。

琪缓缓走到楼下。

父母像是又老又瘦。

琪挤出一丝笑意："爸，妈。"

雷爸咳嗽一声："起来了。"他抓起报纸读。

雷妈轻轻握住幼女的手："文家低调办事，不设仪式，他们已赴新加坡定居。"

琪微弱点头。

"琪，答允妈妈，从头开始。"

雷净出来听见，忽然烦躁："你们就别吵她好不好，你们懂什么？你俩结婚四十年，还有四十年好过，你们懂什么？"

父母唯唯诺诺，不再出声。

"张师母问小琪好些无，什么时候可以工作，现场人手十分紧张。"

雷琪答："明早我可以报到。"

雷妈又想说些什么，大抵是要阻止，被大女儿一个瞪眼，只好维持缄默。

"大姐，请陪着我。"

"就来。"

姐妹俩躺一张小床上，相拥着。

琪小脸又黄又干，双目空洞。

"你要多吃点，小妹，身体至要紧。"

"明白。"

"小妹。"净流下眼泪。

"姐，把我幼时趣事告诉我。"

"呵，多着呢。出生时似红皮老鼠，丑得我们吓一跳，又爱哭，双眼像线般睁不开，很可怕。但是，养了个把月，忽然吹气般胖。不久，小手臂一截截，我们忍不住抓住咬，你会哈哈呵呵笑，声音已像圣尼古拉，不久会跑，拉不住。咚咚咚，整天是脚步声，他们两兄弟说你吵得不能集中精神做功课，你最爱悄悄走到他们身后'哇哈'一声吓他们。两兄弟气得搬往宿舍，可是又说没你的脚步声恍然若失……"

净发觉琪琪在她怀中已经睡着。

她独自轻轻流泪。

净自怜自悯，胸中像是掏空一般，平时不想露出失恋蛛丝马迹的她终于痛快地哭了一场。

第二天琪一早出发工作。

瘦弱的她像是风吹得倒。

到现场报到，大家鼓掌欢迎。

她穿上生化衣开始工作。

看到墙上贴着遇害女子的照片，琪知道鉴证结果已经肯定这几个人的基因在现场发现。

琪问："一共几项获得证实？"

"二十二名，还有三十多个样板在化验中，检控官说，已经足够证据起诉，但为着向受害人亲属交代，将发掘全部面积的现场。"

琪看到有军车驶离现场。

"他们还在观察？"

"一直仔细研究，说对我们工作态度至为佩服，可以借镜云云。"

"军人纪律真没话讲，大清早，天未亮就集合，精神奕奕，梳洗整洁，比起我们这班疲懒邋遢大学生，恰成对比，他们还称赞我们，叫什么？愧不敢当。"

"这小组军人来自五角大楼，叫……"

一个女同学忽然说："其中最英伟是吴少校。"

"嗯，那么高大那么壮健……"

"好像很向往呢。"

"他却目不斜视。"

"真叫人沮丧，这身生化衣坑人。"

琪琪不出声。

午饭时分，她独自剥一个橘子吃。

同学们还在谈同一话题："究竟我们为何喜欢男人的浓厚毛发？"

"男子气概呀，上古靠他们出去打猎找食物，文弱书生会饿死女人，因此，我们女子一直向往粗线条男子。"

"嘻嘻嘻。"

琪垂头。

她忽然想起，一次在公园约会大丞，天忽然下雨，他俩躲在大树下等车。他把她拉近抱住，用外套的帽斗遮住她一边脸，亲吻她。旁边的陌生人都忍不住笑他俩热情："嘻嘻嘻！"想到这里，琪的胸口似绞住般痛。

她忽然呕吐。

同学连忙扶起她，有人急急取来毛巾与水。

"昨日马莉也吐得很厉害。"

"气味与气氛都难受到极点。"

"有记者问寻到什么，阿真忽然生气，板起面孔答——

免治肉碎 [1]，那记者落荒逃去。"

"化学系同学表示同情，说发明了一种药水，闻一下，臭味会变指定香氛，问我们可需要。"

"我们的嗅觉同猎犬一般重要，岂可遮掩。"

他们把雷琪扶进帐篷。

"可要回家休息？"

琪答："农场作坊每一英寸已经检查完毕，我可以开始检查住所。"

"祝你好运。"

琪如常用功工作，亲自在实验室监察及写报告。

她已把头发剪短，平时穿白棉衣与卡其裤，老远便可以把她认出。

张主任放心不下，时时拨空当静静看视雷琪。

她不是忙碌书写，就是凝视电子显微镜荧幕。

琪沉默不言，有时手握一杯咖啡，垂头沉思，似一尊雪花石像。

---

[1] 免治肉碎：源于英文 Mince，意为绞碎肉。

大家都感慨："自那猪场回来，每个同学都变得沉默。"

"有学长从卢旺达返，晚晚惊醒痛哭，什么都吃不下，瘦十磅，可是仍决意加入无国界医生组织。"

雷妈对张师母说："我看着真心痛，每次想与小琪谈几句，她便抬头说'我没事'。瞳睛无神，面色苍白，像是元神出窍，迷途回不来，一点精神也无，叫我心如刀割。"

张师母叹气："真没想到短短时间这两个年轻人如此深爱。"

雷净本来在一旁沉默不言，终于忍不住开口："也不可如此悲观，琪琪不错，已不如从前那样活泼跳脱，说笑不停，可是她变得成熟娴静，又不减秀丽，未尝不是好事。"

张师母连忙说："是，是，塞翁失马。"

雷净说："叫人灰心的是，世上不如意的事，竟如此多。"

"净，你呢？你可有新发展？"

"我下月与小妹欧游。"

雷妈说："我指……"

"没有，我根本没留意什么可能性。"

"也许，年纪大一点的人牢靠一点……"

这时，雷琪推门进来，闲闲接上说："净姐与我都喜欢年轻漂亮男生：高大，浓眉，胸肌发达，哈哈。"

雷妈见琪琪忽然又俏皮说笑，不禁欢喜。

琪坐下说："老男人，谈也不用谈，是不是，大姐？他们身上有气味，喜打嗝，牙齿黄，皮肤松，哟，讲话像训人，不不不。"

张师母说："这不是在形容老张吗？"

大家忍不住笑出声。

只有雷净知道，妹妹不过是假装正在痊愈中，其实，那伤口可能永远不会愈合。

晚上，两姐妹在一起说话。

"琪，你做得很好。"

琪不语。

"琪，难为你了。"

琪忽然问："姐，我同你，我们两人，余生还会有机会笑吗？"

净黯然："我不知道，我与小津分手后，至今未笑。"

琪颓气："也许，已经永远失去笑的本能。"

两姐妹紧紧拥抱。

琪饮泣："姐，这样痛苦，我想去找大丞。"

净放声大哭："琪，不可有此念头，我听了心如刀割。"

"嘘，嘘，莫叫妈妈听到。"

姐妹用被褥遮住全身，哭到疲倦睡着。

琪过一会儿，身体还会抽搐一下。

那一天，我对你说

贰·

空地没有灯光，

可是一轮银盘似圆月，

照耀大地。

一个大雨天下午，雷琪正在授课，系主任张氏敲一敲课室门进来。

"Q，"他说，"有访客。"

雷琪放下课本，心中纳罕，是什么人，没有预约，冒昧把她从课室抽走，而且，好像得到她上司允可。

走进小小会议室，一个年轻男子立刻站起，身段英挺的他穿着军服，雷琪一眼就认出是好勇斗狠金国的制服，她不禁警惕。

系主任张博士说："Q，你们慢慢谈。"

雷琪心想，这是怎么一回事？张已经离开会议室。

助手送来一壶咖啡、两个杯子，暗示他们要谈一段时间的样子。

雷琪从来没有先开口的习惯，她看着那英伟军人。

"我是金国的吴家成陆军少校，这次来，与你商谈一件要事。"

他的声音出乎意料地动听温和。

"请问有何贵干？"

"雷博士，你在前年，可曾与本市警方协查兰顿猪场案？"

雷琪点点头。

"你与法医学系学生不眠不休在最短时间成功鉴证三十二名受害人遗体。"

雷琪低头答"是"。

"那是一宗轰动的连环谋杀案件。"

雷琪不愿再提。

吴少校喝一口咖啡，轻轻说下去："雷博士不知可听说过敝国五角大厦的小组？"

雷琪"嗯"一声。

她轻轻答："战俘及失踪军人问责部队。"

"雷博士，本队想借助你的专业才能。"

"我并非金国公民。"

"我猜想二十一世纪的科学家已不受国界局限，况且我们这次出发到华南。"

"去搜寻什么？"

他把随身地图取出，打开，伸手一指："这里。"

"噫，这是四川，又称蜀，你要去搜查二次大战失踪的空军？"

"正是。"

吴少校见雷琪对答如流，不禁高兴。

刚才她一进来，他心头一凉，大名鼎鼎的法医系教授竟如此年轻，这还不止，她肤色白皙，弱质纤纤，似无缚鸡之力。

但行家一出手，便知有没有，此刻他略觉放心。

雷琪说："该组 Joint POW-MIA Accounting Command（美国国防部战俘及战斗失踪人员联合调查司令部）于二〇〇三年在五角大厦成立，从未间断追查工作，成绩斐然，何需外界帮忙。"

少校却说："这次是额外紧急事件，该处将建造水坝及人工湖，整个山头会淹没在水平线下，如有遗骸，将永久淹没，故此必需额外人手迅速协助追寻。"

所以，找到了此地。

雷琪想一想："我此刻正进行一项重要工作。"

"雷博士，请勿推却。"

直到此刻为止，雷琪一直用英语与他对答，她认出他是华裔，忽然用普通话说："我正与本系同学一起商量，看如何把沿横贯加拿大的太平洋铁路的华工骸骨逐一发掘安葬，这件工作总要有个开始。"

可是少校并无动容，他一片茫然。

呵，他不谙普通话。

"对不起，雷博士，不只是我，家父母亦不谙普通话。"

雷琪只好微笑："这么说，你们是十九世纪移民。"

"曾祖父落脚在别处。"

雷琪点头。

"真羡慕你会普通话。"

雷琪轻轻表白："你另请高明吧。"

"时间紧凑，雷博士，只有你了。"

雷琪微笑："哪儿有非谁不可这种事。"

这时，系主任推门进来。

"Q，难得两国已达成协议，以人道角度，允许金国进境内发掘，这是二次大战的一组战斗飞机，在缅甸受训，帮助中华抗日，功劳不浅。"

雷琪抬头："你是指称为飞虎队的空军。"

"正是，这批空军，应获得回家的归宿。"

少校说："迄今，在滇缅及印度边境，尚有二千多名失踪军人。"

雷琪胸口发闷，她垂头不语。

"这一组急救队全部有华裔血统，方便他们在乡间工作，Q，你任领队，只有一个月时间，成功与否，都需撤退。"

"据我所知——"

"雷琪，义不容辞。"

雷琪说："年初联合国希望我去索马里，我亦推辞，理由是，他们并不需要外人插手。"

"这次不一样。"

咖啡壶已经干了。

少校忽然问："张博士，你为何叫她 Q？"

"qiqi，琪琪。"

少校微笑，出色科学家，竟有如此娇嗲名字。

雷琪有点腼腆。

这时，系主任说："家成，你先回去，七时到舍下晚饭。"

"明白。"

吴家成少校告辞。

雷琪转身说："我不会到华南，这件事太沉重。"

"琪琪，你读法医鉴证科，没有不吃苦的功课。"

"吴少校自有主张。"

"他已组织一个小组，包括考古及地质学者、工程师、通讯员等人，实时可以出发。"

当天晚上，琪低声对师母说："我不知可否胜任。"

"那么多人诚意精心共办一件事，会有感应，一定成功。"

"金国做事一向如此，数十人跑去扎营，不眠不休一个月，寻找英灵。"

"真叫人羡慕，我们明知横加铁路两侧埋着数千名华工骸骨，却无力发掘。"

"琪，吴家成说，这次任务之后，他将设法在联合国提
出此案。"

琪跳起来："当真？"以物易物，相当公平。

张主任答："你自己问他。"

吴家成刚好走进张家，带着一大堆数据以及手提电脑，
雷琪心想：我还没答应呢。但是她心念已动。

吴家成穿便服，深蓝牛仔裤、棉 T 恤，这种便服穿
在他健硕的身上，非常好看，他剪平头，双目炯炯，含着
笑意。

他轻轻坐到琪琪身边："我知道迁葬华工是你心事。"

雷琪点头。

"可是，华工并无任何记录可寻，很多时候，他们抵埠
尚未登记，已经遭到意外，不比失踪军人，每件遗物，都
有编号记录：他们的名字、军阶、编队，都可稽查，我们
并且一早知悉，要找的是什么人，夏威夷设有本国最大鉴
证所，储藏所有数据包括遗传因子样板，一经核对，即可
知会家人，相反，华工连姓名都无。"

雷琪心酸。

"寻获之后，又打算怎样做？"

雷琪鼓起勇气："无名士墓。"

"你可有行动计划书。"

"我一直在做。"

"我希望一读。"

张师母叫他们吃饭。

吴家成一见整桌清淡家庭菜，又赞又叹："师母是最后一代会做菜给家人饱口福的女子。"

雷琪心想：净挂着吃！

师母却说："我会的，琪琪都会，且青出于蓝，琪琪在过去一年，每周末在舍下学烹饪，想吃什么，就带作料来实习。"

"噢，是吗？"

少校再抬头看雷琪，发觉她垂首黯然。

这是怎么一回事？

师母连忙岔开话题："菜不足，饭吃饱。"

饭后琪琪说："我回家看资料。"

师母说："家成，你送琪琪。"

步行回宿舍时，雷琪问："张师母是你亲眷？"

"是家母的表姐妹。"

他忽然问："你因何学做菜？"

"爱吃。"

吴家成微笑。

"我明天上午给你准确回复。"

吴少校很有把握："多带些女性用品及电子蚊香，呵，还有，华南儿童非常天真可爱，请备糖果玩具。"

他信心十足，像雷琪一定会说"是"。

"各种防疫针及体检不可少，不是怕受到传染，而是怕我们把病菌传给香格里拉原住民。"

"再见，少校。"

他笑嘻嘻问："没有咖啡？"

雷琪不知说什么才好。

她鼻酸，又不愿告诉陌生人，她一颗心已死。

少校见妙龄女没有反应，有点遗憾，她不觉他与她有可能的化学作用。

他讪讪道别。

少校回到张家，姿势完全不同，双腿搁茶几上，大口喝冰冻啤酒。

张主任讶异："家成，我累了一天，想早点休息，你为何又打回头？"

师母笑："他想知道琪琪更多。"

张主任不出声。

师母问："家成你会随行？"

"我是此行总指挥。"

师母忽然告诉他："琪琪是老张一个表婶过继女儿的孩子，算起来，仿佛与你也是表兄妹。"

吴家成咧开嘴："那多好。"

"一表三千里。"

"她是孤儿？"

"咦，为何这样说？人家父母健在，连姐姐兄弟共四人，都十分出色。"

"她双眼十分忧郁，何故？"

张主任插嘴："家成，不关你事，我劝你回家静候答复。"

家成笑着放下啤酒瓶伸懒腰。

师母送他到门口。

他悄悄问："为什么？"

师母忍不住回答："她本来已经订婚，故此随我学烹饪，未婚夫却在一次公事中不幸丧生，琪琪是个伤心人。"

吴家成吃惊："多久了？"

"约年余。"

"可怜。"

师母说："最残忍是彼此相爱却又不能厮守。"

吴家成不出声。

"不过，现代妇女尚可寄情工作，在办公室琪一人可抵三人用。"

这时传来张主任咳嗽声。

吴家成终于告辞。

老张抱怨："老妻，背后莫说人非。"

"我是老太太，这就是我的消遣，又怎样？"

"家成好像对琪琪有兴趣。"

"你不希望琪琪重新开始？"

"她自有分寸。"

"她知道什么，成日想着实验室。"

夫妻俩终于静下来。

雷琪回到宿舍，把数据取出细读，这一读便到天亮。

金国数据公开，明晰、简单。

从一九四一年始，共八万五千名失踪士兵，二次大战期间还有七万四千七百九十一名尚未寻获，叫琪琪惊叹的是连哪一名都清楚列出，而不是约莫地说约七万多名。

他们是多么认真严肃。

五角大厦正处理七千宗案，每月可解决七宗悬案。

夏季日长，天亮透，鸟群开始争鸣，琪琪小时喜对母亲说："鸟儿去上班。"

她打电话给吴家成。

他正在淋浴，听到喂一声，实时认出声音："Q，早晨，答案如何？"

雷琪听到军官精神活泼声音，觉得鼓舞。

"几时出发？"

"越快越好，部队工程师已经在舜村安装碟形通讯天线，我把地形图带给你，可以来看你吗？"

"你不嫌蜗居简陋，我做好咖啡等你。"

雷琪用谷歌地图搜索华南川省舜村。

说是华南，实际近西北，壤接缅甸，在湄公河及伊洛瓦底江附近，少数民族舜族在该处居住已近千年，务农，种茶。

雷琪又搜查一九四一与一九四二年金国空军战斗飞机路线，她像是上了历史课，颈后寒毛竖起。

吴少校带来早餐。

正是雷琪爱吃的白粥油条。

她惊喜："你到唐人街去了。"

他一声不响，在厨房摆好碗筷，请雷琪入席。

他说："二次大战金国在滇缅边界，用的是战斗机，单引擎一人座，全金属，我们这次行动，就是要找这一架飞机残骸，我们相信，一九四二年殉职的飞机师，姓班尼特，二十二岁，存活的话，已是百岁老人。"

雷琪喝一口白粥，不语。

"你三年前曾出差波斯尼亚？"

雷琪点头。

"联合国维和小组对你印象深刻，说当时严寒，每天飘雪，小组不眠不休进行发掘。"

雷琪也记得，他们一组年轻人脱掉保护衣，甚至连外套也剥下，方便工作，脚踏在泥坑里，含泪挖掘，体温上升，遇冷空气凝固成雾，整个人冒烟，蔚为奇观。

"请准备护照、行李及笔记，下星期一出发，这是该次行动同事名单。"

"行动叫什么？"

"英勇。"

十分恰当。

数十人找一个人，精诚所至，金石为开。

琪记得读初中时，实验物理科力量理论，数十名学生，围住一张桌子各自伸出两只手指，放台底用力往上抬……奇迹出现，那大桌居然被众学生两只手指抬起离地。

就是这个意思。

少校站起："星期一我来接你往锦田军用飞机场，届时你会见到同事。"

"明白。"

"你要注意健康。"

他轻轻离去。

身体那么高大强壮的他行动宛如脱兔，低调敏捷，叫人难忘。

雷琪整天读同事的资料。

肚子饿只吃热能饼干及水果。

主要工作人员包括考古学的凌挪亚，他家大人一定是信徒，并且敬仰那只方舟。照片里的挪亚粗眉大眼精神奕奕，嘴角有点调皮。他过去的主要任务包括——啊，第三次发掘秦始皇帝陵墓。

尚立，同样二十七岁，摄影师，记录及拍摄整个"英勇"任务。他长发长须，这人到了华南会热得叫救命。照片里的他有点像耶稣画像中人。

王怡，女，二十八岁，工程师，她负责营内所有工程，包括装设通讯天线、小型发电机以及各类电器，王怡眼大鼻高，分明是混血儿，英姿飒飒。

他们的通讯员叫奕乔，也是女性。

这时雷琪发觉那四名年轻人相貌好看如模特。

她忽然看到镜里去。

我也不太差，她拍拍胸口，年纪也相仿，幸亏一向努力读书工作，才不致被比下去。

心绪仿佛有点好转，工作往往是意志力最佳鼓舞，雷琪此刻相信了。

另外，负责宿舍清洁及膳食的有当地保姆大妹姐与她的长子永生。

其余负责发掘的民工，在当地挑选。

雷琪知道鉴证科与考古系合作最密切，她高兴挪亚是男生，希望他不会使小性子。

各人放弃自我，化为群体是这种任务成功的主要因素。

第二天，雷琪又搜集当地过去三年里七月份的气温、湿度，以及降雨量。

川省是一个炎热的盆地，不通风，湿气重，有时大雨三日不停，引致山洪暴涨，居民都住山上梯田侧。

《国家地理》杂志有一篇报道，题目叫《香格里拉》。

西人相当有趣，除欧陆以外，新大陆全是印度，哥伦布坚持他已找到印度，于是北美土著是印第安人，南美玛雅族也是印第安人，还有，东印度群岛与西印度群岛……

而亚洲未开发的风景秀美的乡村全是香格里拉。

在他们的镜头下，整个地球都美不可言，甚至在太空看地球，那蔚蓝色拥有大气层的小行星，也美得叫人慨叹。

可爱的地球科学家。

川省有所谓瘴气，水土不服，容易惹病。

雷琪前往注射各种防疫针。

并且验血证明体内并无病毒。

历代欧洲探险员及军队在新大陆散播病毒，不知感染杀死多少土著。

一切准备就绪，雷琪才通知父母。

"出差一个月。"

"去何处？"

经典小说

红尘梦影辑

CLASSIC NOVELS

华语世界深具影响力作家　　亦舒作品

雪肌

阳西光斜

微积分

我那一天对你说？

小人儿

"我每日会有电邮回来。"

"可是战区？"

"五角大厦。"

"呵，那倒好，当心健康。"

"明白。"

雷琪准备爬山靴、厚手套、军人裤，以及数十件白汗衫。

她有经验，这一个月，最主要是沉住气，日夜工作，这不是度假，世上没有香格里拉，她有任务在身。

她携带大量女性用品，上次出差，卫生棉数量不足，琪几乎喊救命。

她带一只中型行李袋另加背囊。

出发前一日，她睡得很好。

早晨，天微亮，她整装出发。

把未婚夫生前照片取出细看。

那是一帧潜水照，健硕的他光着上身，异常性感，松松泳裤，手中握一条大黄鳍，足三英尺长。

他胸前从不修理的体毛被海水粘成一搭一搭，雷琪想起往事，不禁黯然，她伸出手指，轻揉照片中他的两腮。

他叫文丞，已经辞世。

这时，雷琪的胸口像被利刃截中，她伏在桌上，痛哭失声。

无仇报，抢走他的是死神，不是另外一个女子。如果是第三者，她会痛殴他，叫他好看，学一个女友，在电子日记上播放他的大头照片：失踪犬只，名陈大文，或感情骗徒，你若找到，他是你的，祝你好运!

但那是死神，雷琪知道，即使她跟着去，茫茫冥界，她小小灵魂在黑暗中也不一定找得到他。

况且，她还有父母兄弟。

琪心如刀割，伏在桌上哭一会儿，听到电话响。

她呜咽答："立刻下来。"

吴家成听到哭音，内心恻然。

一会儿，看到雷琪拿着行李出现，他叫司机把车驶近，替她放好行李。

琪问："同事们呢?"

"他们在舜村等你。"

原来如此。

吴家成发觉她眉眼红肿，像是哭了一宵。

"你才那么一点行李？"

"够用。"

"你的女同事似把整座北美商场搬走。"

雷琪抿一抿嘴。

"到了那边，我组完全独立工作，你做指挥，我维持和平。"

"你口角一如以色列秘密警察摩萨组。"

吴家成微笑。

他忽然说："雷琪，久仰大名，如雷贯耳。"

琪见他说得十分夸张，不禁咧开嘴笑。

好了好了，吴家成心想，笑了。

他给她一壶咖啡。

天气比较闷，雷琪已觉腋窝冒汗。

她警惕，到了舜村更不堪设想，要镇定。

她缓缓深呼吸，果然，心里一静，就不觉天气欠佳。

到达军用飞机场，琪自挽行李上梯，举起手臂。

吴家成看到她腋下汗印，像是偷窥到什么不应该的事，忽然心跳加剧。

他连忙转过脸，自问不是好色之徒，今日是怎么一回事。

他跟在她身后进舱，小型飞机舱狭窄，他可以闻到她的汗息。

只见琪头发扎起，但细发丝丝贴着脖子，她天生大汗，吴家成嗅到麝香般气息，有点失神。

"上校。"

他定定神，上前与驾驶员说话。

雷琪不再说话，她坐好，取出日记，在地图上画小小一架飞机，用红笔线连贯，一路朝华南北方出发。

目的地舜村是一颗星。

吴家成坐在她后边，清晰看到她稚气的日记图，内心倾倒；这样能干却还如此天真，雷琪性格好不可爱，可惜她感情运欠佳。

不一会儿，他仰起头打盹。

轮到雷琪转头看他，她吃惊，这男子竟有那样漂亮的下颚：他须浓，整张脸下端都是青色须根，延至轮廓分明的下巴底部及咽喉。

琪记得未婚夫的汗毛一直继续到胸前,不知这个人是否一样。

琪觉得自己太好奇了,连忙低头写日记。

吴家成半睡半醒,不知怎的,鼻端仍是雷琪汗息,那味道十分特殊,不是香气,隐隐约约,难以形容,但他只想多闻一阵。

约四小时后他们下飞机转驾军用吉普车。

吴家成顺道带补给往营地。

山路狭窄,危机四伏,但吴少校是驾车高手,宛如在平坦公路上那般自在。

雷琪真没想到沿途风景是那样瑰丽。

空气潮湿,像随时要滴出水来,水分充足,植物叶子碧绿厚壮,与其他省份不同。一路上蝉鸣不绝,鸟儿聒噪,似鸣奏曲一般。

最要命的是花香,一路梯田,种茶,斜坡上全是茶枝和栀子。香气受炎日蒸上,直朝路人熏来,叫人迷茫。

"啊。"

雷琪惊叹。

真是香格里拉，一点也不夸张。

就在这时，一阵尖拔的山歌声传来，女声之后，是男声答应。

琪听不明歌词，却也懂其中缠绵之意，不禁发默。

吴少校轻轻说："他们没有手机，用歌声传扬信息——我很快完成一日工作，即刻回来与你见面。"

琪看着他："你不谙普通话，你怎么知道？"

他微笑不语。

吴家成停车。

"到了？"

他伸手一指，琪抬起头，看到远处山崖有一道狭长如新娘头纱般瀑布挂下。

哗，琪在心中叫，美若仙境。

她呆视许久。

吴家成取出保暖箱，打开，取出夹肉烧饼给她。

"呵，谢谢。"

他只是笑。

到了这时，雷琪再憨厚，也知道吴少校不见得对每个人都那么好。

琪愿意相信，那是因为他与她是远房表亲。

这时天边已淡淡出现一轮月亮轮廓，吴家成忽然想到一句话叫花前月下。

他只觉动人销魂。

他轻轻说："瀑布底下，便是舜村。"

这样的桃花源！

琪对自己说：你的心境再不打开，也太对不起上天。

她把一张大饼通通吃光，见有绿豆汤，喝一大口。

这时，接应的机车迎上，一个赤裸上身的年轻人大声叫："少校是你，可回来了，喂，我们那鉴证专家抵埠没有？"

吴家成下车与他击掌。

琪看到只穿短裤与靴子的来人，不禁愕然。

她放下手中甜汤，忽见一只指甲大小白色粉蝶飞来，停在甜汤碗边吸糖。

琪想起东洋人的俳句：一只蝴蝶，在黄昏时，需要歇脚处。

她的歇脚处，不知在何处。

这时吴家成伸手一指，来人朝车上一看，笑容凝住，目光再也不动。

他看到一个纤细年轻女子，面孔只有他手掌那么大，她正凝神看一只蝴蝶，明亮眼珠汇在一起，非常可爱。

他清清喉咙："少校，我指那位雷博士。"

"她就是雷博士。"

雷琪这时下车伸出手与那人一握。

"琪，这是你的伙伴凌挪亚。"

他真人比照片活泼。

凌挪亚忽然忸怩，他把机车扛上吉普车，与他们共坐一辆车，一路轻轻向雷琪解释工作进行情况。

他说："已出动所有探测仪器，一无所获，少校，我猜想是位置不够准确，打算明早扩展范围。"

他向雷琪展示手提电脑上的图形。

琪"嗯"一声，细细观察。

这时，光着上身、裸着丰硕胸肌的挪亚忽然伸手拍打壮臂,他百发百中,手臂上有两只蚊子,已经吸饱血,击毙后留下血痕。

琪连忙自背囊取出带备的电子蚊香,配在身上,送一具给挪亚,另外,她替吴家成扣在腰带上。

吴家成心中一软。

从头到尾,琪不发一言。

车子抵村庄,太阳已经落山,余晖仍然照明;琪看到空地上有军用帐幕。

雷琪下车。

挪亚意外发现她身量相当高挑,到他耳根。

营地里同事迎出。

琪一早认熟他们,逐个招呼:"王怡你好。"

她高大健硕,虽是华裔,块头却大得似亚马孙女战士,起码有一半西洋血统。

摄影师尚立站她身边,还比她矮一点。

尚立已忙不迭地替他们拍摄。

这时雷琪已浑身汗湿,但迫不及待要看视环境。

他们驻扎在小学操场,发掘目标在校舍后边,而适才见到那座美丽披纱瀑布，就在山坡之上。瀑布落在山下，形成一个小小湖泊，整个村落像传说里的仙境。

除了各式活跃昆虫。

不但蚊子多，还有细小的蜉蝣，不停扑向灯光。各种大小飞蛾，以及颜色不同的蜥蜴。

说话间一只白肚蜥蜴落在王怡肩上，她看也不看就伸手拂走。

好胆色，雷琪在心中称赞，若连蛇虫鼠蚁都怕得尖叫，那还怎么做事。

王怡忽然看到挪亚身上的电子蚊香，一定要拿，两人争吵起来，琪连忙再送上一只。

她足足带了一打。

她抬头，看到成群蝙蝠出洞，可算奇观。

王怡带雷琪到通信室，那也是一座四方形帐篷。

一阵凉快，琪诧异。

王怡解释："这是军方最新设计，帐幕用料分两层，当中有化学冷冻液体流通，降低气温。"

"这样奇妙。"

"且环保，不损害环境，不耗电。"

这时挪亚也进帐，三人坐下，细细研究地理环境。

王怡说："一九四一年的飞行任务，从这里，飞到那里，原因不明，突然坠毁，根据当时速度，风力计算……cos（π+h）+1 over h……"

琪说："十年前军方仿佛已经进行过一次搜索。"

吴家成的声音传来："一无所获。"

王怡笑："也不是，有两个金国士兵回国后娶华裔妻子。"

琪问："当年搜索全是西方白人？"

"是。"

琪仰起头，像在想什么。

"早点休息吧。"

"村中可有电？"

"有限，尚未全村铺设。"

"琪，你与王怡住一个营好了。"

"我想住民居。"

王怡警告："燠热，第二天醒来，席子上会有一个同身形四肢一样的汗印。"

琪微笑："不怕。"

吴家成叫人，一会儿，他们的管家大妹姐捧茶上来，雷琪请她准备床铺。

王怡轻轻抱怨："这茶，像老鼠味。"

挪亚扑哧一声笑。

王怡不忿："你，你浑身臭汗，你与尚立，臭得像猴子屁股加汽油渣……"琪忍不住别转面孔笑。

这时，有人掀开帐幕："这是我的地盘，臭男人把帐篷熏臭。"

通信员奕乔到了。

她刚淋浴，头发还未干。

"我们臭？"挪亚抗议，"你闻过猢狲屁股？"

"王怡这张嘴……"

"又不见雷琪嫌弃我们。"

他们像小孩那样装鬼脸。

挪亚索性走到她俩面前，举起手臂，让她们闻腋下汗臊。

奕乔冷笑："恭喜你，雷琪，这就是你的杂牌军。"

他们吵闹像中学寄宿生。

"我们淋浴去。"

雷琪随保姆走到民居。

大妹姐是一位中年妇女，汉人打扮，谙普通话。

她说："地方浅窄，请勿见怪。"

琪见有电灯，相当高兴。

大妹姐替她放下帐子。

琪见到墙角爬满约三英寸长的蜥蜴，而这时，玫瑰花香得不能再浓，叫人做好梦似欢喜。

她的行李已放一边。

"我替你打水。"

雷琪想与家中联络，走出砖屋，看到营地一角有灯光。当夜月亮像银盘，直射到空地上，琪清晰看到几个男生淋浴。

他们嬉笑泼水取乐，连吴家成都不放过取乐机会，把一块肥皂丢上又接着，隐约听见他们说：哈哈哈，猴子屁股……

琪觉得好笑。

离家五千里做这样腌臜灰暗的任务，不懂苦中作乐是不行的。

一时月亮隐到云后，尼龙布帐篷在灯下变得半透明，像皮影戏那块布幕，幕后人形纤毫毕现。

琪的目光自然落在吴家成身上，只见他肩宽腰窄，手臂鼓鼓全是肌肉，十分漂亮。

琪自嘲：怎么了阁下，偷窥男子沐浴。

但是窥浴是连大卫王也不能压抑的欲望，因此惹下弥天大罪。

她站起走到通信处与家人联络。

奕乔给她一枚通话器，以及一管银哨子，雷琪签收，把哨子挂颈上。

奕乔凝视她："雷博士，你可有男朋友？"

雷琪摇头。

奕乔体格娇小，打扮也似小女孩，梳两角辫子，穿 T 恤、短裤，腿上斑全是蚊咬，像红豆棒冰，她口角也恁地稚气，不似电信专家。

"尚立是我的人。"

琪立刻回答："明白。"

奕乔这才展示笑容："你普通话流利。"

"你呢？"

"我们几人只会几句：你早，好吗，饺子好吃……"

电话接通，父母都不在家，她留言。

轮到琪冲身。

她走到另一边女子浴室，发觉水是硬水，肥皂不起泡，但是洗头时只觉凉快舒适，不禁叹息一声。

离开舒适的公寓到山村，设施当然天渊之别。

她抹干身子回屋休息。

纱帐上停满各种飞蛾，琪猜想生物学者会有莫大兴趣。

她几乎一碰到床沿就睡着。

半夜，朦胧间觉得一颈汗湿。

她拨了闹钟，第二天准六时起床，冲身后更衣写日记，窗外蝉只又开始唱鸣。

忽然听到身后有声响。

琪转过头去看。

只见一个小小的两三岁孩儿，梳一根冲天炮，笑嘻嘻看着她。

那幼儿面孔似苹果，大眼睛，手指放在唇边，非常可爱。

琪忍不住伸手招她。

她一步步走近，在不远处站住。

幼儿笑容叫雷琪浑忘天气炎热。

她指指颜色笔，孩子摇头。

她给孩子一支棒棒糖，孩子接过揣在怀里。

琪扬起眉毛，像是问她还要什么。

孩子最懂身体语言，伸手指一指琪桌子上米奇老鼠闹钟。

那只廉价塑料闹钟有两只大耳朵，十分有趣，雷琪慷慨地把钟交到她手中。

她欢天喜地地奔出。

稍后大妹姐端早点进来，笑着道歉："怎么好意思，毛狗玩玩就还给你。"

"不用，我有后备闹钟。"

雷琪看到豆浆烧饼，十分欢喜："人人都吃这个？"

"不。"

大妹姐迟疑："他们自己做流黄鸡蛋及烤面包。"

"中午与晚上吃大块半生牛肉……"

雷琪微笑。

这时有人在门外叫："琪，起来没有？"

"马上来。"

是挪亚唤她。

一早他已出了一身汗，汗衫湿透。

"我带你去看地盘。"

白天可以看到已经探测的地带用绳索结成格子。

挪亚说："我已请少校要求军方在空中探测。"

"华方可予允准？"

挪亚沉吟。

当然有一定困难：他国用卫星公开偷拍是一件事，正式批公文让他国飞行器进入领空，是极之严重的事。

挪亚把最新图片取出给雷琪阅读。

"咦，这不是谷歌地图，该批摄像清晰到连营地都可以看到。"

挪亚微笑："你不是仍以为哈勃太空望远镜是用来拍摄蟹形星云吧。"

琪骇笑。

她与挪亚蹲到坑内细视。

琪是专业人士，她伏下研究土壤，采取样板化验，假使泥土内含人类细胞，可轻易验出。

挪亚在一边看着她全神贯注，双眼闪亮地工作，不由得生出倾慕心念。

雷琪在挪亚划分的格子内逐一探测标签。

半晌她站立视测四周环境，看到吴家成站在附近。

他是军人，比他们规矩。

琪忽然想起昨宵看他沐浴嬉戏一幕，不禁微笑。

这时挪亚对他说："我想往西北方向推进检查。"

吴家成只好颔首。

时间是他们的敌人，若不，用一年半载把这块山地每一寸土地翻匀，一定可以找到蛛丝马迹。

"我先把样板带回去测试。"

琪身上已经有泥斑。

经过瀑布下水潭，看到众村童活泼赤裸戏水，他们像小小青蛙，有人呱呱叫，有人嘻哈笑。啊，雷琪艳羡，这才是天下最快乐的童年。

她到营地，把样板逐一化验。

吴家成进来问："如何？"

雷琪摇头。

吴家成有点烦恼。

雷琪轻轻说："把每个军人送回家的确是十分重要的事。"

吴少校声音也很低："这位班先生的遗腹子已经六十八岁，他已有孙儿，在西点军校进修。"

"啊。"

吴家成说："我知会挪亚继续推进挖掘。"

雷琪回民舍，看到王怡与奕乔已跳到潭中畅泳，那一潭子水折光奇异，呈现一种诱人的碧绿。

这时，琪看到那个叫毛狗的小小孩朝她奔来。

她笑说："当心，当心。"

毛狗走到她身边停住，忽然动手脱光全身衫裤。

琪吓一跳，原来毛狗不是女孩，他是男儿。平时作女孩打扮，想必是乡间俗例，企图隐瞒邪恶神灵，不要来骚扰幼儿。

只见小毛狗只戴着一副银项圈，可爱一如《杨柳青年画》里的小孩。

毛狗张开胖胖双臂，示意大人抱着他跳下水。

霎时间雷琪决定苦中作乐，她抱着毛狗，和衣跃下水中，王怡与奕乔鼓掌。

毛狗像一条鱼般游出去，琪跟在众孩身后，快活似神仙，泡在苦海里足有两三年的她像是获得重生，浑身重压似放下，她潜下潭里。

凉快够了，才抱着毛狗回来。

她咕咕笑："毛狗，你原来是男儿，失觉。"

琪不知有人在树后看她，那是吴家成。

她浑身湿漉漉，回到民舍，更衣沐浴写日记及做记录，不觉到了傍晚。

大妹姐替她捧进一大束栀子花及茶果。

"习惯吗？"她搭讪问。

"很好。"

毛狗进来叫阿嬷。

雷琪意外:"你这么年轻做阿嬷?"

"毛狗是我儿永生的孩子,你还没有子女?"

"我未婚。"

"哎呀,你妈妈可等得心焦。"

"她确有催我大哥二哥。"

"城里人时尚迟婚。"

毛狗咚咚咚又跑出去。

这大妹姐迟疑着像是有话要说的样子。

琪微笑等她开口。

这时奕乔忽然叫:"雷博士,明月晚会,热闹,快来参加。"

琪不由得问:"那是什么?"

大妹姐笑:"你去看看,那是舜族青年晚会,相当有趣。"

奕乔拉着雷琪的手奔出。

在一大块草地上,雷琪看到年轻男女分开两排,距离约十英尺站定,女的腰搭腰,男的手牵手,都把最好的衣服穿上，大家都有略微腼腆，脸红红，人人眉开眼笑。

空地没有灯光，可是一轮银盘似圆月，照耀大地。

雷琪抬头，呆住。

她看到星空，从未见过那么多星星！多得像深蓝丝绒上撒落大大小小钻石，满满闪烁，多得几乎没有空间，多得分不清什么星座在什么位置。

雷琪呆呆地抬头观星，直至脖子发酸，奕乔与王怡已拉着她排队站好。

琪看到挪亚与尚立奔至，站到她们对面。

少女们开始唱歌，琪她们听不懂，也不会唱。

过一会儿，少男们对答，也唱起来，热情洋溢。

王怡轻轻在琪耳边说："一会儿，你可以走近他们，挑你喜欢的异性。"

琪意外："女方先挑？"

"够进步吧？"

同在酒馆里找伴儿一样，年轻男女齐集，看中了，上前说话。

在月色下，琪下意识找吴家成。

王怡又轻轻说："他是军人，他要遵守若干纪律。"

琪微笑低头。

歌声停止，少女们毫不犹疑，一拥而上，伸手去拉意中人。

琪忽然听见闹钟铃声。

她定睛一看，只见小毛狗站在人群中，朝她招手。

雷琪乐得笑弯腰。

这小孩怎地多计。

她奔近，忍不住用英语说："You're my man（你是我的意中人）！"

琪抱起他，跟大队跳舞。

许久没有这样高兴，琪笑得合不拢嘴。

夜深，渐凉，琪玩到大妹姐来找毛狗睡觉。

她看到尚立与奕乔躲在树荫下拥吻。

雷琪步行回去，忽然看到一地闪光，她以为是星光反映，定睛一看，原来是萤火虫。

"啊！"她叫出来，又一幕都市见不到的奇景。

琪坐在石阶上欣赏。

这时有人把一只大号玻璃瓶放在她身边，瓶里装满萤火虫。

琪抬头，看到吴家成。

"你好。"她不禁欢喜。

他坐到她身边。

他已经冲过澡，一阵药水肥皂清香，身上穿着汗衫短裤。

琪并没喝任何酒精饮品，但如此良夜美景，叫她陶醉，她看到吴家成手臂上汗毛长密，不禁伸手轻抚，这已是雷琪至大胆示意。

吴家成轻轻握住她的手，又迅速放开。

琪轻轻说："真有点不想回都市。"

"你也有这种想法？"

琪点头。

"尚立昨日才说，他与奕乔十分喜欢乡村生活，简单朴素真实，不想离去。"

雷琪微笑："你呢？"

"我若不走，就是逃兵。"

琪捧起萤火瓶："谢谢你。"

她把瓶盖打开，释放小小昆虫，才回房休息。

那一天，我对你说

叁．

这里什么都最好，
尤其是人情。

第二早，她喝到舜村著名的玫瑰茶。

才捧起，已经香气扑鼻。

那香气隐约，似有还无，十分含蓄。

像吴家成性格。

这时大妹姐进来问候。

她说："有一件事，请你跟我走一趟。"

雷琪放下计算机："你尽管说。"

大妹姐把雷琪带到男浴室旁一间小小更衣室，推开门。

"你请看。"

琪先闻到一股酸腥臭，立刻掩鼻，她看到一大堆换下的脏衣裤，小山般高，无人清理。

大妹姐说:"快要出虫了。"

这不是夸张,琪用手捂着鼻子,她闻到尿臊味。

"该怎么办?"

琪想一想,这不是责备那几个男生的时候。

她轻轻说:"你到厨房生火,煮几大锅热水,烫衣服。"

"对,对,我怎么没想到。"

这时挪亚走进:"咦,你们进男浴室来干什么?"

琪吆喝:"你,把脏衣裤通通拎出来。"

"为什么偏是我?人人有份——"

琪没好气:"你信不信我揍你?"

琪看着大妹姐与永生把衣物逐件煮好。

她说:"那几个男生尺码不同,把衣物分放,内衣每件一元,衬衣两元,长裤五元,开好单子,叫他们付款。"

永生先笑。

笑坏人,如此缺乏纪律。

琪回房做记录。

大妹姐又悄悄进屋。

"我想说几句话。"

琪大惊失色："我不会跟你去看男厕！"

"不不不……"

琪也忍不住大笑，真没想到男厕能叫她欢笑。

"组长，我有几个问题。"

"大妹姐，别客气，有话尽管说。"

"你们这次劳师远征，是为着寻找一架六十多年前飞机残骸，可是这样？"

"正确。"

那中年女子迟疑："你们要把那飞机师送回家。"

"不错，大妹姐，你可是知道些什么？"

她看着雷琪："你们为什么那样紧张，找了又找，我记得那一年，也是牛年，金国派军队搜索，忙足三个月，一无所获。"

呵，那是十二年前。

今年，又是牛年。

"当年军队一共七人，清一色白人男子，态度倨傲，不谙华语，只有翻译，村长叫年轻女子躲在家中不得外出，妇孺都有点害怕。"

"他们什么也没有发现？"

"挖坏许多树木花卉，有一晚，我们听见啪啪的枪声，缩到床底。"

"啊。"

"原来他们误会是野兽，其实是——"

"犬只？"

大妹姐没好气："是猪！一只公猪自圈栏钻出，你说他们那班少爷兵，后来他们赔款给村长，不久，他们就走了。"

雷琪忍着笑。

"他们为何一定不放弃，要寻找到底？"

琪答："这是金国的信仰——军人为国捐躯，非要找到不可。"

"你也是金国人？"

"我自加国来。"

"祖上远走他乡，很吃一点苦吧。"

"他们很勇敢。"

"你们态度也一样？"

雷琪肯定点头。

在新闻片段见到，三级政府官员由总理、总督率领，全体在破晓时分穿上黑色服饰在国会大厦面前恭迎二次大战无名士兵回国。

"你们这一队完全不同，你们亲切平易，又喜欢孩子，且全是同胞。"

雷琪微笑。

"组长，你请跟我来。"

雷琪意外："去何处？"

"我带你去看一样东西。"

琪有预感，她带着通话机与手提电脑，背起背囊跟大妹姐出去。

她俩朝远处山坡走去，离开梯田，树木越来越密，树叶全是浓郁墨绿色，花朵颜色益发鲜艳。

两人走出一身大汗。

这时大妹姐有点紧张，她说："可听到建筑工程声响？"

雷琪侧身，果然，远处传来轰隆声。

"连日连夜赶工。"

"舜村会被人工湖淹没吧。"

大妹姐黯然低头。

雷琪不出声。

这时，已无出路，大妹姐取出柴刀砍伐。

她伸手指去。

雷琪吃惊："呀，蛇藤。"

只见壮茁无比的粗藤缠住树木，吸取树中汁液，真可怕，直至把树缠死中空，而蛇藤则围住枯树站立，生长、壮大。

佛经说，所有生物都知道恐惧，一棵大树，看到小鸟衔着一颗藤的种子飞近，吓得魂不附体。

雷琪走近，仰观。

电光石火间，她看出粗藤围绕的并不是一棵树。

她奔近，抢过大妹姐的柴刀，爬上砍开藤枝，用双手大力掰开藤枝，看到飞机的左翼与副翼，上边还有星及旗的残余图样。

雷琪大叫一声，自藤上摔下。

她用通话机大声与吴家成联络："少校，少校，已找到目标，叫全组实时追随讯号赶来会合！"

雷琪握紧大妹姐双手："谢谢你。"

大妹姐轻轻说："它一直在这里，我从小见过它，请勿告诉任何人我带你到这里。"

"明白。"

大妹姐迅速消失在丛林里。

片刻，整组搜寻队背着仪器、工具赶到，一见到直插在地上的飞机翅膀，脸容肃穆，收起平时所有嬉皮笑脸，各人分头动手工作，可是又配合得像最严密的一件工具。

吴家成站在高处看下，同挪亚说："这窒息蛇藤我在吴哥窟见过，整座古庙被它包围。"尚立急急拍摄，把照片交王怡传真回国。

雷琪兴奋得双颊通红，她叫民工小心处理电锯，她亲自指点他们进行工作。挪亚握住工具，爬上铲除藤枝，不消一会儿，那只折断的飞机左翼露出真形。

尚立忽然落泪，他用手抹去泪水，继续拍摄。

大家静了一会儿，压抑激动的情绪。

一九四二年到今日！

挪亚爬下，用金属探测仪搜索该架战斗机的其余部分，但暂无发现。

挪亚说："照排直线的数学公式——"

雷琪抬起头："这不是运用微积分的时候，挪亚，用一般智慧推测，战机在此山坡坠毁，左翼断开，机身及座舱应落在……"

雷琪连跑带滚奔下山坡。

他们随她身形看去，已见到藏匿在丛林里的直尾翅及升降舵，在这里！

这时，连平时不苟言笑的吴家成都忍不住饮泣。

挪亚飞奔下坡开始挖掘。

他与雷琪逗留在坑里三十多小时不眠不休。

工作人员把水与粮食搬到该处与他们野餐。

琪浑身都是泥巴，她平躺在坑里，面孔朝下戴着口罩逐寸用手发掘，生怕骚扰到骨殖。

但她只找到一双皮靴。

她轻轻把埋在泥浆里的皮靴取出，用扫子轻轻清除泥斑，两只靴子上鞋带均完好无缺，她像捧着最珍贵的古董似的双手递给吴少校。

吴家成用一张毯子裹住军人遗物，跑回营地。

琪与挪亚紧紧拥抱，两个泥人哭泣。

奕乔叫道："少校命你们暂时休息。"

两人一起摇头，继续工作。

挪亚把逐块泥土用网筛过，仔细寻找。

终于他说："我累了。"

他俩肩搭肩那样蹒跚回营。

雷琪忽觉力竭，只能坐在小凳上淋浴，她在冷水下淋个痛快，忽然想念家中热水香汤浸浴。

她洗脸时发觉面孔晒成黑炭，额角长满小疱，可是，她找到了飞机残骸，不胜欢喜。

她回到民舍，大妹姐不声不响捧上一碗肉汤。

她轻轻说："我们这里没有什么好东西吃，只有无花果猪肉可以清火。"

琪忍不住说："这里什么都最好，尤其是人情。"

可爱的小毛狗在门边张望，永生把他抱走。

琪倒在床上就睡得像死猪一样。

她睁开双眼，天已大亮。

她跳起床漱口，发觉吴少校在门外等她。

"家成，你早。"

"请来看。"

那双皮靴端正地放在桌上。

"九号鞋。"

琪轻轻说。

"已通知军部，经核对，的确属班氏所有。"

"任务完成否？"

"但，没有骸骨。"

"我与挪亚再去搜索。"

吴家成却说："你看。"

他把她带到营地外边。

琪莫名其妙，看什么。

吴家成蹲到地上。

琪看到了，她浑身爬起鸡皮疙瘩，只见地角爬满大只火红色蚂蚁，一只叠一只，满满成堆，像操练士兵一般，万蚁钻动，往一个方向爬去。

琪叫一声哎哟，急急往后退。

"这情况自昨晚开始，我请教过村中长老，他们说，天将降大雨，蚂蟥有预知，放弃蚁穴，爬上高地，求生。"

"啊？"

"老人之话不可不信，琪琪，怕有大雷雨，滑坡，水淹。"

"快请王怡联络气象台！"

"气象台并无示警。"

"我与挪亚会加速发掘。"

可怜无定河边骨，犹是春闺梦里人。

雷琪与挪亚扑下山崖，继续与大自然及时间争斗。

他们约有十来个工人相帮，一天下来，已可看到机身鲨鱼咧齿图案。

挪亚讶异："不是飞虎图吗？"

"叫是叫飞虎，但机身上漆上凶悍鲨鱼为志，别忘记珍珠港受袭后士气低落，而他们是二十岁上下的军人，需要各种鼓励，所以许多轰炸机上有美女图案。"

飞机残骸只剩下扭曲的一堆烂铁。

工人不断用网架细筛沙泥。

雷琪跪下，为免呼吸吹走证物，她戴上口罩，头发用一块头巾绑住，满头大汗，检查杂物。

大块头挪亚伏在她身后，只觉琪的汗有麝香味，他忽然想起"香汗淋漓"四个字，他有点陶醉。

筛出的沙石都差不多，但雷琪专业精密的眼睛看出不同之处。

她取出小钳子，把两粒小小浅色碎片拣出。

"挪亚，看。"

挪亚猛地探向前，撞到琪额角，两人直呼痛。

"对不起。"

"对不起。"

"挪亚，我们有交代了！"

琪把碎片放进纸套，当钻石那样握在手中跑回营地。

大家围近："找到骨殖……"

挪亚取过电子显微镜。

他与雷琪轮流张望。

"挪亚，像是珐琅质。"

"人体唯一有珐琅层的是牙齿。"

"送返夏威夷实验所验证。"

大家松口气。

这时王怡走进："各位，气象台预测有漏斗云。"

奕乔叫出来："龙吸水！"

"家成，怎么办？"

"把仪器都收到民居。"

"不行，民居里挤满猪只。"

"什么？"

"那是村民财物，他们珍而重之，只有雷琪的房间有空间，大家往该处挤一挤，王怡，你把碟形天线暂时收起！"

挪亚与琪琪却听而不闻，他俩交头接耳："虽然只是牙齿碎片，但足以解答许多问题。"

"班氏家人终于可以安心。"

这时营地之外已卷起强风。

王怡说："山上堤坝工程也已暂停，挪亚，你去疏散工人。"

琪这时才发觉挪亚手臂上有一条缝正流血。

她说："我替你瞧瞧。"

尚立在一边笑："对，法医也是医生。"

琪用超级胶水粘拢伤口，再加上蝴蝶贴。

他们回转，那时空旷地带已经有豆大雨点落下，打在身上疼痛。

挪亚叫工人疏散。

有一中年男子说："十二年前也是这样一场大雷雨淹埋一切。"

挪亚问："什么？"

工人不愿多讲，抢着把工具自坑里取出带走。

"雷琪，还不走？"

远处忽然出现龙卷风，两人的衣物被强风吹得啪啪响。

琪拎起两桶沙子："你先走，我马上来。"

这时有人用通话机叫挪亚回营。

雨已下得似倒水，挪亚拔直喉咙喊："你切莫久留。"

雷琪只是舍不得走。

再给她一两天时间，一定可以找到更多证据。

渐渐坑里的水涨到足踝。

她用漆布把桶子密封放到一边，想爬上坑，已经发觉不妥。

触手尽是烂泥，她滑下数次，坐倒泥淖之中，四肢根本无着力之处。

她往袋里掏通话机，这时才发觉匆忙间忘记带出。

琪急出一身冷汗，她只有颈上挂着的一枚金属哨子，她连忙吹响。

风大雨大，不知可有人听到。

在营地，帐篷刮得猎猎响，吴家成大声吼叫着点人头。

他蓦然问："雷琪呢？"

挪亚一惊："她不是跟着我？"

"雷琪在什么地方？"

"她在坑里……"

"挪亚，我会杀死你，你放她一个人在坑里？"

他抢过绳索钩环奔出，挪亚后悔得吐血，整张脸扭曲，也跟着跑。

那五分钟路程像天长地久。

跑到一半，已听到隆隆滑坡之声，巨石细石泥流朝低坡滚下。

暴雨成灾，雨水夹着冰雹，闪电一下跟一下，接着是雷声震耳欲聋，空气里的正负离子刺得他俩皮肤激痛。

闪电照明下他们看到其他组员率领民工奔近。

奕乔急中生智，扯起胸前银哨，不住吹响。

那边雷琪身陷泥坑，爬不上去，根本看不清地面情况，山泥不停冲击，一下子已到膝头。她忽然内心平静，心里说："大丞，我恐怕要来找你了。"鼻孔喉咙都是泥渣。

琪缓缓蹲下，只觉对不起父母。

就在这时，她听到微弱哨子声。

琪做最后挣扎，她也用哨子声回应。

奕乔耳尖："在这里！在这里！"

她扑过去，摔一跤，用手指坑下。

这时，坡下只余一片混沌深及足踝的泥沼。

吴家成还想说话，凌挪亚已经把绳索缠身上，用套环钩打好结，交给工人，便往坑下跳。

民工连忙拉住绳索及打亮电筒救人。

人力不敌大自然，挪亚连眼睛都睁不开，幸亏他熟悉坑内地形，不停喊叫。

忽然，有一只手摸到他身上。

"啊，"他大声叫，"琪琪，琪琪，我在这里。"

他抓住她的手，缓缓把她带到身边，不幸中大幸，石块并没有压到她。

在闪电强力照明下，挪亚看到琪琪面如金纸。

他大叫，用双手打横举起雷琪交给上边焦急等着的诸人。

吴家成用毯子紧紧裹住雷琪，手指挖出她嘴里的泥巴："琪琪，琪琪。"

他忽然落泪，像婴儿那样紧紧抱住雷琪，往营地没命地跑去。

只见帐篷全被吹得东歪西倒。

大妹姐与永生冒雨奔近："屋里来屋里来。"

他们把两个泥人迎进屋内。

"风再劲些，瓦片也不难掀走。"

大妹姐抹净雷琪的嘴，喂她喝草药汤，不久，雷琪呕吐，吴家成悄悄退出。

雷琪不住做噩梦，待她清醒，暴风雨已经过去。

来得快去得也快。

茶田毁掉大半，今年收成大相失色。

村民抢救收成，小组重修帐幕。

雷琪虚弱，浑身都是刮伤痕迹，头脸像只破娃娃。

她喝着大妹姐给的怪味药茶。

"这是什么？"

"雄黄。"

"啊。"

记忆中，那多疑小器的许仙，不知怕吃什么样的亏，竟听信恶毒法海之言，把雄黄酒喂给白素贞，害她露出原形。

这时毛狗悄悄走进。

哎呀，雷琪不由得笑，只见小毛狗已经剪掉双辫，剃了平头。这回，怎么看都像个小男孩了，他轮廓分明，异常俊朗。

"毛狗，my little man（我的小男孩），过来。"

大妹姐说："他见你们拔营准备撤退，不舍得呢。"

雷琪一怔，要走了？

这时毛狗靠近，伏她身前，忽然伸手指向窗外，叫她看。

雷琪定睛，咦，树枝上有只碧绿色螳螂，张开斧钳，正预备捕捉一只灰色大蝉，可是那只全神贯注的螳螂，却看不见较高树枝上停着一只黄雀。

电光石火间，螳螂扑向蝉，黄雀闪电般把螳螂衔在嘴里飞走。

雷琪惊呼："啊。"

这还是她第一次目睹这种奇景。

身后传来声音："还好吗？"

她转头看到吴家成。

"听说要走了。"

他点点头。

"再也找不到更多？"

吴家成遗憾："你去看过就知道，泥石把整个坑填满，王怡测验过飞机残骸已在十英尺之下。"

雷琪只好说是。

"我已做了报告，上司同意我们离去。"

雷琪轻声问："解散小组？"

"是，上头认为任务成功。"

这时，毛狗身披一张披风，在房中跑来跑去，嘴巴呜呜作声。

雷琪笑："我小时也喜扮超人，大哥叫我'少侠咪咪咪'。"

吴家成也笑。

这时雷琪发觉毛狗身上那张披风非比寻常。

她招手。

毛狗走近。

吴家成也发觉了："噫。"

琪轻轻对小孩说："这件披风可以给我看看吗？你把它铺到地下平放可以吗？"

幼儿听懂，把衣物平放。

啊，原来是一面旗帜，吴家成与雷琪不禁蹲下细看。

家成连忙取出手机拍摄。

只见旗帜用黑色丝帛织成，上面有美丽鲜艳活泼的刺绣，是一只黄黑纹吊睛白额大虎做腾跃之状，张大嘴，瞪大眼，不知多神气，正是张牙舞爪，朝敌人扑去，中文大字绣出金国空军第二十三纵队飞虎队字样。

吴家成看得呆住，这张刺绣已有七十年历史，可是今日看来，仍然新鲜活泼一如新缝，只在旗角略有磨损。

"啊，"琪说，"让我采一角标本。"

来不及了，永生在门外看见，连孩子带锦旗揽到手中："对不起，这孩子又打扰你们说话。"

"永生，"雷琪追上，"这面旗帜……"

"这是家中曾祖父之物，不知怎的，毛狗顽皮，用来玩耍。"

毛狗笑嘻嘻，躲在旗下呜呜作声。

"曾祖父？那即是太公了。"

"是我的太公，"永生扳手指，"是毛狗的太祖。"

"他还健在？"

"百岁老人，我们除了照顾他生活起居，不去打扰。"

雷琪大奇："他住何处，可有受暴风雨影响？"

"他住在山上一间砖屋。"

呵，最好的让给老人，原应如此。

"你家五代同堂。"

"舜村有七家人如此，又共有十一名百岁老人。"

"哟。"

真想讨教长寿之秘。

永生一步步后退，终于抱着幼儿离去。

雷琪说："快去调查那面旗的来龙去脉。"

"我见过类此旗帜……"

琪豪放地当着他面更衣，他别转面孔。

琪说："我还没多谢你救我一命。"

"大家一起抢救。"

"听说差一步就被石块压住。"

吴少校沉默，是他邀请她来，有什么闪失，他必不能饶恕自己。

琪套上衣裤。

"先陪我去看那个泥坑。"

他俩走到一半，雷琪气喘，吴家成一言不发，背起她走。

到达一片半个足球场大小湿泥地："就是这里。"

不认得了。

什么都没有，像大地一夜之间张开嘴，把地面所有植物与其他事物通通吞噬，又合拢。

雷琪惊至张大双眼，作不得声。

"有村民说，外人多次来此挖掘，土地爷不大高兴。"

"迷信。"

"我组也该离去。"

吴家成背她下山。

儿童看见了，拍手取笑："背新娘，背新娘。"

吴家成涨红双耳。

雷琪酥胸贴住他背脊，他浑身麻痒。

幸亏他已挨过热血少年的冲动时期。

吴家成侧头看着背后的雷琪。

琪看到他浓眉长睫，笔挺鼻梁，丰满嘴唇，青色须根，呵，好色相，琪也庆幸她已不是憧憬异性爱慕的无知少女。两人凝望半晌，都懂抑制。

琪微笑。

他轻轻放下她，问："可以到府上探访你吗？"

"无任欢迎。"

"此刻，穿着军服的我难越雷池半步。"

"明白。"

雷琪钻进帐幕，见组员在收拾工具和仪器，真的要走了。

王怡与奕乔立刻迎上："琪琪，你好些了。"

雷琪答："有劳大家关心。"

王怡轻抚琪背脊："可怜。"

琪只是微笑。

王怡说："天线已拆下，互联网不通，你要的资料，我只好稍迟给你，不过，我随身带的册子，请看。"

雷琪呵一声。

只见小册子像照片簿，里边附着各种刺绣旗帜，确是民间艺术，全部题材属于飞虎队，有的似镖旗，三角形，周边镶狗牙，有些长方形，有些四方形，那只老虎造型凶猛生动，有几只还长着双翅。

王怡说："很难想象，两国军民曾经如此友爱。"

奕乔答："这些刺绣，是一种纪念品，赠予空军。飞虎在缅甸受训，本是一群雇佣志愿兵，却每战每胜。一九四一年期间，十四名空军壮烈牺牲，可是却击落三百架敌机，终于纳入第十四空军纵队。"

雷琪取出适才拍摄的披风对比。

"啊，这一张足有 4 英尺 × 4 英尺那么大，是手工最优秀的一件。"

这一件，并没有出图。

雷琪低头沉吟，她怀疑什么？自己也说不上来。

挪亚进来，蹲到雷琪面前："你瘦多了。"

奕乔不悦："都是你不好，琪琪怪你呢。"

琪连忙说："没那样的事。"

奕乔反驳："凡是女人不高兴，通通都是男人的错。"

挪亚说："是是是。"

"还不去替我们做咖啡。"

"是是是。"

王怡说："这大个子学养品格都不错，不知怎的，那身汗臊臭得叫人吃不下饭。"

奕乔说："那是你俩化学作用不对。"

"什么，你觉得尚立他有体香？"

"尚立不难闻。"

雷琪骇笑，话题怎么转到男子体臭上去了，女人就是女人。

"尚立浑身汗毛。"

"男人没有体毛怎好算男人，你说是不是，雷琪？"

"雷琪是斯文人，才不与你讨论这些。"

琪连忙说："我也喜欢男子毛发茂盛。"

"听见没有？"

大家都笑。

"少校也臭汗多毛。"

轮到琪琪想，应该觉得吸引才对。

挪亚端咖啡进来。

"少校吩咐我先送雷琪到沪城看医生。"

琪答："我自己也是医生，送我到飞机场回北美就是了。"

"便宜你了，挪亚。"

"可是，家成也喜欢雷琪。"

"公平竞争。"

这时，只听见幼儿哇哇大哭。

大家站起。

只见永生抱着毛狗进来，那孩子，不知被什么夹到手指，皮开肉绽，一手鲜血，怵目惊心。

永生脸色发青："救救孩子！"紧张到极点。

毛狗嘴张得比面孔还大，滑稽可爱，各人忍不住笑。

雷琪知是皮外伤，她戴上橡胶手套，用清水冲洗伤口。

然后用手术超级胶粘好伤口。

再绑上胶布。

"完好如初。"

毛狗破涕为笑，他父亲坐墙角喘气。

雷琪循例检查毛狗，让他平躺，替他抹净小面孔。

她用手电筒照毛狗瞳孔。

雷琪一怔，骤然熄掉电筒。

她说："永生，你请过来一下。"

她叫永生坐好："看，我也检查你爸眼珠，你别害怕。"

她照一下永生，不出声。

雷琪轻轻说："不碍事，明天就好。"

永生抱起孩子："真不舍得你们走，谢谢医生。"

琪把染血纱布小心夹起放进证物袋。

她对挪亚说："回到夏威夷军用鉴证所，请抽这血液样本核对一下。"

挪亚怔住："与什么核对？"

"与班氏后人核对。"

挪亚大讶："为什么？"

"我也还不知为什么，你照做就是。"

雷琪也觉迟疑。

刚才，她用强力手电筒照小毛狗瞳孔，看到的虹膜，呈棕绿色。

她迟疑一下，顺带检查永生，也看到棕绿色。

错不了。

平日，不在意，不会细看，不发觉。这次因毛狗意外受伤，仔细检查，才发觉这个奇怪之处。

虹膜颜色是遗传所得，亚裔人只有深棕色，其余颜色像深浅不一的灰、蓝、绿，甚至是紫色，全部属于西方人士。

永生与他孩子独有的棕绿色，只有一个来源。

她是科学家，没得到科学证据之前，不会随意发表意见。

雷琪不动声色去找大妹姐，那中年妇女在猪圈忙碌。

她把毛狗背在背上，毛狗小脸压在一边熟睡，面孔像小南瓜。

琪搭讪说："这么大了还背着，大热天。"

"哭过，不肯睡。"

"这孩子真幸福。"

大妹姐忽然感触，在长凳上坐下："这里有风，你不要嫌臭。"

猪只嗷嗷地叫。

"水坝建好，大家都得迁移。"

"已替我们准备对山一列砖屋，说地势较佳，不易叫风暴吹袭，全村有电有水，送电视机。还有，像毛狗这些孩子，供书教学。"

"那多好。"

"可是，你看这列村屋，每块瓦每方砖都与我们熟悉，一扇门框摸了三十年，手印都凹下，每一代孩子都坐这列地砖上乘凉，砖头也磨滑，"她唏嘘，"怎么舍得。"

琪伸手抚她粗糙手背。

"你不嫌我们是鲁莽村民⋯⋯"

琪忽然笑："大妹姐，你怎么到今日还说这些话。"

大妹姐也笑："你替我们毛狗取个名字吧。"

"毛狗没有学名？"

"不知怎么叫他，都不大识字。"

"我⋯⋯我没有资格呢。"

大妹姐十分慧黠："雷组长，没想到你到今日还说这些话。"

"毛狗的太公、祖父全在，永生也有主意。"

"你自西方来，时髦一点。"

雷琪想一想，垂头沉吟，忽然说："叫大丞，丞相是百官之长。"

"大丞，"大妹姐呵呵笑，"谢谢你，谢谢你。"

琪取过一支笔把文字写出："这字，读 chéng。"

可是她的中文字写得十分幼稚，并不娟秀。

大妹姐当墨宝似的收起。

雷琪低下头，心中默默说：大丞，我要开步向前走了。

请保佑我。

她抬起头，看到大妹姐的眼瞳里去，大妹姐的眼珠与一般人无异。

"老太公独居？"

"有人帮他生活起居，他十分壮健，行动自若。"她停一停，"我的祖父母、父母与我兄弟同住，大屋人多，十分热闹，每晚坐一起吃饭。"

"你们也三代同住，永生嫂呢？"

"她不安于室，在城内打工。"

琪笑："女子也有志向，不可非议她的意愿。"

大妹姐生气："孩子怎么办？永生又如何？"

雷琪也不好讲是非。

大妹姐说："你们这组男子，我最喜欢吴少校。"

"啊。"

"他对老幼都亲善，又够尊重。每日他出营，走过小径，有一株杜鹃花，枝头伸到路上，他不像其他人，拂开花枝，落得一地。他总侧身拐一个弯，避开花叶，雷组长，这是个好男子。"

"明白。"

"你，组长，你更难得。"

琪脸都红了。

"年轻漂亮的女子，不爱红装，不贪名利，跑到乡间服务，真叫人敬佩。"

"哪儿有你说的那么好。"

"不舍得你们走。"

"可以再来看你们吗？"

"十多个钟点车程呢。"

琪与大妹姐握手道别。

第二天早上，尚立驾车送雷琪及挪亚出城。

大妹姐与永生父子一直送到村口，毛狗呜咽。

他们送上一大篮食物及一方丝巾。

打开丝巾一看，墨绿色丝绢上绣满淡红茶花。

"哗，"尚立说，"我们也要。"

永生笑："都有，村里姑娘们一点心意。"

琪立刻绑头上。

吉普车飞驰出去，却不见吴家成送人，雷琪惆怅。

尚立说："我与奕乔不走了。"

挪亚意外："什么意思?"

"我们打算往沪工作，每年回舜村过冬。"

"啊。"

"因为世上没有更好的山水土地及人情。"

"想清楚?"

"我与乔均是成年人，我们知道好歹冷暖。"

挪亚点头。

"你呢?"

"我不会忘记舜村，但，我是城市人。"

"讲得好。"

一路上挪亚对雷琪照顾备至，他对琪说，鉴证工作完毕后，会到联合国儿童维护队工作。

"你呢?"

"我回学校教书。"

挪亚忽然握着琪的手轻吻："琪，你随时召我，我随传随到。"

琪微笑："我也是你的好兄弟。"

挪亚颓然，知道琪对他没有其他想法。

这时，琪微微侧身，挪亚身上汗湿，真有点尿臊味，但有一日，与他配对的爱侣，会觉得那是麝香，陶醉还来不及。奇异的化学作用。

到达飞机场，挪亚依依道别，与琪分道扬镳。

那一天，我对你说

肆·

琪琪，你得意与失意之际都要记得，
家人爱惜你。

琪打一通电话回家。

那边是她大姐，听到琪的声音，像是失踪的妹妹忽然重现人间。"Q，"她喊，"你好意思，你把妈妈整哭，我每天会打电话回家，你在何处？"

"我在飞机场，十二小时后抵达家门，航班号码是——"

"Q，你老长不大。"

琪连忙道歉："我同妈说几句。"

"她不要同你说话。"

可是母亲还是过来说："琪琪，欢迎平安归来，我们会来接你。"

"妈妈，通信设备坏了……"

"一路平安。"

都说，孝顺是好好打醒精神活着：戒烟戒酒，早睡早起，注意健康，出入平安。

她雷琪好不惭愧，险遭活埋。

在飞机上她要一瓶冰冻啤酒，该饮可救贱命。

她喝一口，不禁叹声"呀"，侍应生忍不住笑。

他搭讪说："你晒成金棕色，像是探险回来。"

琪已经沉沉睡着。

做梦，看到像山高泥浆涌到她身上，堵住她全身，她大声尖叫。

英俊侍应生轻轻推她："到了到了。"

可不是已经到家。

"再给一瓶啤酒。"

"请缚上安全带，飞机即将降落。"

她一出禁区便看到大姐雷净焦急面容。

雷琪向大姐招手。

大姐吃一惊："琪，你老了十年。"

琪笑："我也牵记你。"

"比起妈又好些，妈似老一百年。"

雷琪无比内疚。

大姐打电话召两个弟弟开车过来接人。

琪问："大哥小哥都来接？他们走得开？医院肯放人？"

"他们兄弟孪生，两人都在儿童医院实习，一起出来，真不容易。"

"都为着你，三个星期音讯全无，爸拨电话到市议员处投诉公民在外失踪，又几经辗转，自张博士知道你出差到华西，该处发生雷暴……"大姐越讲越气，"我不讲了，像我这种年纪，不宜动气，总而言之，见了你这种忤逆的所作所为，谁还敢生子女……"

雷琪唯唯诺诺不敢作声。

琪两个英俊高大的孪生哥哥把车驶近："小妹，这里，把行李丢上来，妈妈等你。"

琪一颗心落地，到家了。

她轻轻说："我过几天想到夏威夷军事鉴证所——"

兄弟瞪眼："禁足一年，想也不用想。"

母亲在门口等她。

平时爱美的她今日穿错拖鞋，左脚是她自己的绣花鞋，右脚是父亲的皮拖。父亲也出来了，瞪着双眼，一见小女儿现身，整张脸松下。

琪乖巧迎上："爸，对不起。"

"不要对不起，没有这种事。"

琪的大姐不悦："Q就是这样被宠坏，换是我，早已被逐出家门。"

雷家两兄弟喝杯茶便赶回医院。

雷妈说要补一觉，她心中大石落地，才觉疲倦。

琪琪第一件事是吃冰激凌及浸浴。

她先用酸奶酪及砂糖擦身，冲洗后才浸到浴缸。

大姐吃惊看着她："你没搽防晒油？"

琪琪揶揄："忙着粘假睫毛，一心不能二用。"

"你看你鼻子褪皮一如小丑。"

琪深深叹口气。

"此行可有艳遇？"

"大姐你从不想别的。"

"我已三十老几，大龄，还想什么？"

"大姐是美女。"

"谢谢你，可看到适合的人？"

琪不语。

"琪，逝去的人不会回来。"

琪叹息："但愿大丞不是那么可爱英俊的男子。"

"琪，忘记过去。"

琪苦笑。

怎么忘得了。

那时琪与大丞都年轻，热恋名副其实地火辣。周末，不用工作，躲在大丞的小公寓内根本足不出户，也不想到别处游玩。

琪一直认为：没有伴，跑巴黎、威尼斯或是波拉波拉、夏威夷这种地方有啥子味道，假如有爱侣，又何必舟车劳顿，处陋室也一样高兴。

他们连饭也不出去吃，冰箱所有食物报销，他们用香槟浇在冰激凌上大快朵颐。大丞说他可以在琪琪腋窝下住上一辈子。

琪比他更热情，每朝起来，梳洗完毕，看到大丞还在酣睡，她会奔近，跃起，压到他身上，一边哈哈笑着大叫：

"压死你压死你。"大丞自梦中惊醒，第一件事是伸手保护

下体，接着呵隔夜口气臭琪琪……

想到这里，琪琪垂头不语。

"我陪你出去置秋装。"

琪摇头。

"你一直是个古怪儿，自幼淘气，记得吗？七岁时把爸

妈的护照误以为是小小本记事簿，在空页上涂鸦，妈欲责

备，爸说'那么重要文件应当收好'，你又过关。我好奇去

看你画了些什么，原来是漫画化阳具，笑得十六岁的我几

乎昏过去。"

琪琪也忍不住笑，怎么会画那个。

"原来他们两兄弟洗澡，被你偷窥，印象深刻。"

大姐笑得眼泪落下。

"不多久上中学，生物科有解剖实验，你不知多兴奋：

'妈妈，有十一堂解剖！'解剖猪胚胎，男同学都皱眉，你

留堂操作，不愿离去，详细做报告，取得成绩。"

"大姐你都记得。"

"我们三个一直把你背进背出，琪琪，你得意与失意之际都要记得，家人爱惜你。"

"明白。"

一连好几天，琪躲在家中做报告。

她写完之后电邮到夏威夷鉴证所给凌挪亚。

挪亚回复："已知会班氏后人，成功找到遗迹，择日安葬弗吉尼亚阿灵顿坟场。"

"可有吴少校消息？"

"吴少校待此案完结，将转文职，他没告诉你？"

没有。

琪又问："那次给你的证物袋编号一七三五号，处理没有？"

"唉，我竟丢一边……"

"不是不见了吧？"

"那是死罪，琪，我马上处理。"

"百上加斤，不好意思，谢谢你。"

"琪，我想探访你，我下星期有假期——"

琪说："友谊探访，无比欢迎。"

"尚立与奕乔结婚了。"

嘿，全无通知。

"他们说你电邮号码不通。"

呵，她没打开机器。

琪跑去打开计算机，电邮爆满。

她逐一处理，呵，仍没有吴少校音讯。

这时，系主任张博士有电话找她。

"Q，回家也不来看我们。"

"爸妈暂时不让我出门。"

张博士忍不住笑："我听说了，我来接你可好？"

"主任，不敢当。"

"我们来接你复课。"

真是，暑假过去了。

"我们三十分钟后到府上。"

琪琪连忙同母亲说："快，快，准备茶点招呼张博士与夫人。"

她父亲说："不如请他们吃雷氏名点小笼包。"

琪琪连忙进厨房帮手。

她绑好头巾，系一条到足踝的白围裙，动手准备蒸笼。

这手艺本为大丞所学，此刻更叫人恻然。

不久有人按铃。

琪为着礼貌，抢先开门。

果然是老好张主任与夫人。

师母与琪拥抱一下："牵挂极了。"

琪泪盈于睫："有愧师母厚爱。"

这时张主任笑说："看是谁来了。"

他身后有一熟悉高大身形走出。

琪一看，怔住，心里欢喜萌芽，刹那间开出蓓蕾。

那是吴家成。

他来了。

可是，他与值班时不一样，此刻他满脸于思，好一个大胡髭。

雷琪自问没见过那么多面毛的男子，不禁笑起来。"家成，"她的声线忽然提高一个音阶，十分娇嗔，"我正牵记你呢。"

张主任好久没看到得意门生发挥女性柔媚本能，不胜欢喜。

琪妈迎出，张主任介绍："这就是我同你说过的吴家成少校。"

琪妈看到那年轻男子浓眉下就是长须，整个腮与下巴，上唇下唇都被深棕色毛发遮掩，忍不住有点害怕：怎么像阿里巴巴。

琪姐也跟出看个究竟，一见客人如此英伟，心中喝彩。吴少校一双眼睛炯炯有神，明亮清澄，这分明是个美男子，正好与琪琪配对。

可是家中有人强烈反对。

忽然间似天边响起一个雷："什么地方来的野人！我家不欢迎你！"

众人抬头一看，只见琪爸手执垒球棒，大声喝骂："就是你可是，唆摆琪琪到蛮荒之地不知做什么，害她差些惨遭活埋，活埋！对付你这种人，前脚走进我家我打断你前脚，你后脚踏进我打你后脚！我不欢迎你，走走走！"

琪爸动了真气，咚咚咚跑近，作势欲打，被妻子与长女拉住，推进书房。

琪妈随即出来，看到琪琪挡在大汉前，像是要保护六英尺多高的他，知道女生外向，不禁打心底笑出，一定要这样才好，否则如何，难道一辈子跟着父母依依膝下丫角终老不成。

"吴先生请到园子小坐，不要介意发疯老头。"

她让吴家成与琪琪坐在蔷薇架搭的凉亭下，琪姐捧出咖啡："你们慢慢聊。"

吴家成一直微微笑看着琪琪。

琪琪低语："你怎么来了？"

"没有一刻不想起你。"

琪妈端着点心走近，家成站起，琪妈搭讪地说："请坐请坐，喝茶喝茶。"

她也在一旁坐下。

两个年轻人不出声，正襟危坐。

琪妈仔细端详吴家成，她疑惑地问："你这胡髭，是可以剃掉的吧？"

家成笑："我回去就处理。"

琪妈松口气："多吃点，多吃点。"

家成低头微笑。

"你住什么地方？"

"暂住张主任家，我来度假，数天后返回东岸。"

"你家里有什么人？"

"父、母，与一妹。"

琪琪劝阻："妈妈……"

"他们做什么？"

吴家成回答："父母均是律师，妹妹读天文物理，此刻在南美智利阿塔卡马沙漠天文台工作。"

琪琪也还是第一次听说，"啊"的一声。

阿塔卡马天文台，羡煞旁人，那是目前世上最精湛天文望远镜所在地。

"你们兄妹都能干。"

"过奖了。"

琪妈忽然问："你喜欢琪琪吗？"

"母亲大人！"

吴家成却直爽回答："非常喜欢。"

"有何打算？"

幸亏这时琪姐走近把母亲大人哄进屋。

琪琪耸肩："我生长在一个正常家庭。"

吴家成答："我也是，家父母每隔一年便向子女宣布离婚，可是三十年过去，仍然在一起吵闹。"

琪呵呵笑。

"看到你笑真高兴。"

琪一怔，由此可知，她的伤心事，他全知道。

这倒也好。

"班尼特一案，可以讲是结束了。"

吴家成却说："一直没找到军人标签牌。"

雷琪这时轻轻走到吴家成身后。

她没安着好心。

家成穿一件极薄的白棉衬衫，这是琪最喜欢的男子服饰，其次，是白棉短袖汗衫，再其次，是紧身白色汗衫背心。

她站他身旁，像那种好色老男人，自他领口看下去，她想知道，他胸前汗毛，是否同样稠密。

才开始俯视，敏捷的吴家成已经发觉雷琪心怀不轨，他闪电转身，紧紧箍住琪纤腰。

"你要看什么，我都可以给你。"

琪耳朵发烧，借词支吾："你胡须那么长，有些地方打圈，找不到嘴唇。"

"你要赐我唇吻？"

他仰头看她一会儿，忽然把脸埋她胸前。

琪搓揉他的头发。

正在这时，有人大声假咳嗽。

琪抬头一看，原来是她两个孪生哥哥，他们自医院赶回，一定是大姐通风报信，叫他们来视察未来妹夫。

吴家成只见两个长相一模一样漂亮青年，笑嘻嘻地上下打量他，他们同时伸出手，异口同声说："你就是那阿兵哥？久闻大名，如雷贯耳。"

雷琪没好气："吴少校，这是我家的冬瓜与木瓜。"

吴家成笑得合不拢嘴。

这时，琪妈出来帮忙："你俩别打扰他们。"

吴家成这时站起："伯母，我也得告辞了。"

他与张主任夫妇离去。

大姐靠在门框上："好一个英伟的男子。"

琪琪不出声。

家人识相退下。

琪琪发觉她出了一身汗，都初秋了，还那么闷热。

第二早，她驾车到张宅。

"那大头小孩叫什么？"

"毛狗。"

他俩一起笑出声。

吴家成侧头看着她，握住她的手。

琪猜想家成在二楼寄宿，她拾起小石子扔上窗户，发出轻轻嗒一声。

果然，家成探头出来，他已把长发长须修剪，穿着汗衫背心，露出健硕手臂。他在窗户凝视琪琪一会儿，才跑下楼来。

琪握住他肉肉的手臂。

他们在园子里的一张石凳上坐下。

"校园环境真好。"

琪答："哪儿及舜村，一切天然，那瀑布水潭，山涧梯田，花香夹着幼儿嬉戏。"

他忽然吻她嘴唇。

琪琪"噫"的一声，浑身颤抖。

家成脸红红地说："别忘记，我是大兵。"

琪琪按着胸口，忍不住微笑。

"班家住加州，报告出来，我与你一起探访如何？"

"方便吗？"

"你一手找到班氏遗迹……"

琪琪忽然拥抱他。

接着几天，他们一直在一起。

琪父每次看到吴少校，总打鼻子里"哼"一声，然后仰起头，走远。

直至一日，他的古董开篷野马跑车开不动，吴家成走近，替他修理一下，引擎又蠕蠕活动，他才"嗯"一声。

吴家成轻轻解释："我在军队也负责机械维修。"

琪父点点头。

家成松口气。

琪父忽然诉苦："四个子女，并无一个打算近日成家。"

家成只是赔笑。

一个清凉早上，雷琪接到凌挪亚电话。

"琪琪，你嘱我做的鉴证报告出来了。"

"怎样？"

"你给我的神秘样板，与班氏后裔的因子竟有百分之二十五轨迹吻合。"

"啊。"

"琪，那无名样板属于何人，为何远在华南在舜村，竟与居住加州的班家有吻合？"

"他们有亲属血缘……"

"正是，百分之二十五吻合是表兄弟姐妹。"

雷琪发愣，她个人疑惑已被科学鉴证证实。

"琪，经过推理，那只有一个可能，但又不能随便说出。"

"真确。"

"琪，我明日到府上与你面谈。"

"欢迎来访。"

"琪，我未能联络到吴家成。"

"他在我这边。"

挪亚忽然沉默，他酸溜溜："他行动倒是迅速。"

"挪亚，可要接你？"

"不用，我会来按铃。"

"我家地库有客房。"

琪琪连忙联络吴家成。

"二十分钟后见面。"

吴家成在宿舍附近看到她，立刻跳上车。

"载我去何处？"

"我的住所就在前边。"

她把他带到家里，却不知如何开口。

这是一宗十分严重的控诉：空军中尉班尼特并没有为国捐躯，班氏的身份将由英雄沦为逃兵。

琪一边踌躇一边做咖啡。

吴家成却有点误会，他以为琪带他来温存：她终于放下枷锁，预备重新开始感情生活。

他舒适地躺在一张旧沙发里，看着伊人。

他轻轻地说："过来。"拍拍大腿。

琪不禁轻轻地说："你好像很有经验。"

她轻轻坐到家成身边。

家成笑而不语，抚摸她头发。

过一会儿他答："也许，不如你所希望的那样老练。"

过一会儿他吻她耳朵，琪琪不是不享受那温柔，但一时感触，泪盈于睫。

已经不知多久没与异性亲热，感觉使她颤抖，她心中仍然怀念文丞。

琪轻轻说："凌挪亚会来这里。"

家成一怔，忍不住问："你叫他来？你预备在我们两人之中挑一个？"

"不不不不不！"琪跳起，"他有关于'英勇'行动的要事报告。"

"不？"

"当然不，家成，我与挪亚、尚立……他们，像兄弟一样。"

家成见琪琪那样紧张解释，有点高兴。

"我呢？"

他像小男生般追问。

这种事上，含糊不得。

"你……"琪轻轻哼。

他仰起头："是，我。"

琪把脸靠在他脸上，摩挲他的须根，终于忍不住流下泪。

家成知她还有心理障碍，但这样明澈表示，已叫他满足，他拥抱她："我们有的是时间。"

他很温柔，没有动作，只是依偎着雷琪。

凌挪亚赶来与雷琪会面。

他在雷宅大门前按铃，有人自园子转出："找谁？"

挪亚一转身，一声"琪琪"要叫出口。

来人走近两步，挪亚发觉她不是雷琪，像极了，但这女子约年长几岁，比 Q 成熟，身段特优，像阿拉伯 8 字，笑脸柔媚，小凌看得发愣。

不用问也知道，这一定是 Q 的姐姐。

雷净心中却想，这又是什么人，高大健硕，嘴角不笑也有笑意。

她最喜男儿高大宽肩，那样的男人才叫女子更像女子。

她最怕男子身段像放在园子里的橡胶小矮仙。

她开口："你是哪一位？"

"我叫凌挪亚，找雷琪，"他加上两个字，"公事。"

对方轻轻说："我是Q的大姐，我叫雷净，家人叫我Z，zhen[1]。"

两人各走近一步。

挪亚这时发觉原来他喜欢琪琪是因为她长得像大姐，雷净才是他一向仰慕的女性类型。

他真幸运，遇见了真版。

"我叫琪琪回来。"

她先招待凌挪亚。

她们的母亲大人下楼看到，咦，这人何处来？高大的他与大女站一起配对极了，大女已经三十出头，再不严肃对待感情生活，后果堪虞，她悄悄退后。

那边，吴家成知道凌挪亚抵埠，不禁说："他手脚倒是敏捷。"

"他说的是公事。"

"且听他有何见解。"

---

[1] 净，粤语发音与zhèn相似，故文中称为Z。

回到雷宅，只见挪亚在大姐服侍下正乐不可支大吃大喝。

琪走近："我们在书房等你。"

"Z 已替我准备客房。"

家成一怔，他随即看到大姐为挪亚递茶递水，至此，他完全放心。

家成不禁微笑，各人有各人的缘法。

他问琪："他到底要说什么？"

挪亚进来，找张椅子坐下，摊开他预先做好的图表。

他说："这是我的疑问。"

图表很简单，吴家成一看即明。

"啊。"他不由得大声喊。

雷琪与挪亚做的图表如下：

"英勇"任务中一七三五号样板采自舜村三岁男童毛狗，又名舜大丞。

与该样板核对的遗传因子证物来自乔舒亚·班尼特，"英勇"任务中寻找的班氏之孙。

结果：遗传因子十三个轨迹有百分之二十五相同，意味着两者之间有密切血缘关系，如表兄弟。

挪亚说："这是两家人的简单亲属表。"

老人（不知名，九十余岁，存在，妻殁）→舜英，老人之子，七十余岁，与妻及长子孙儿共同生活→次子病故（妻大妹与其子永生共住一屋）→永生子，即毛狗，一共五代，从未离开过舜村。

吴家成不禁跌坐在椅子上。

他们三人脸容沉着。

琪指着图表另一角："这是班尼特的家属树。"

空军中尉班尼特，一九四二年在任务中为国捐躯（部分遗骸寻获）→妻美妮怀遗腹子改嫁史密斯氏，两人已故→孩子仍姓班尼特，六十七岁，健在→一女一子，健在，子名乔舒亚，亦生有一子，名西素，现年三岁。

与舜家一样，共五代人口。

琪轻轻说："家成，请推理。"

挪亚先说："少校，科学鉴证不会说谎。"

"我不能接受！"

"家成，唯一的解释是：班氏当年坠机，他生还，他无恙健全地离开现场，他是毛狗的太祖公。"

"假使他生还，应设法与军部联络！"

挪亚先是不出声，终于轻轻地说："他是逃兵。"

"不！"

"我知身为军人的你难以接受。"

"唯一可信的是，我亲身自他口中取得证据。"

"人会说谎，脱氧核糖核酸不说谎。"

"或者，你可以侧一侧脸，完美结束报告，"雷琪说，"他已九十余岁，让他在舜村寿终正寝。"

"这不是军部行事方式。"

"你若坚持，班氏便自英雄变成狗熊，他的后人怎么接受？"

"我只能追踪真相。"

挪亚叹气："你是一头牛。"

吴家成恼怒："你是经过严格训练的考古学者，你会不会随意拿一根猴骨硬说那是你祖先？"

"你的太爷才是猿人！"

挪亚的手伸过去拂吴家成。

"别碰我。"

他霍地站起交架。

这时忽然有人说:"孩子们,请控制情绪。"

大姐到了。

雷琪笑着拉开家成,站到他面前。

凌挪亚悻悻:"为着一个百岁老人七十年前身份,令两家人终生抱憾。你是牛,人家舍一救百,你舍百害人。琪琪,睁开双眼看清楚,这蠢牛的原则迟早害死你!"

雷净连忙拉他走出书房。

挪亚一转头,看到穿着背心的雷净抬高手臂,露出雪白如凝脂般的腋下皮肤,他一怔,什么气都消了。

男人靠视线用事,看到什么立刻把信息归纳脑海,那片皎丽肌肤像烙印一般叫他永志不忘。

雷净拖着挪亚离去,被她母亲看到。

她对老伴说:"老头,两个女儿倒是突然间找到对象,可惜一对儿子却行动迟钝,唉。"

雷父"嗯"的一声,继续做填字游戏,明显地不再反对。

在书房,吴家成十分委屈地对雷琪说:"我是军人……"

"我明白。"

"调查清晰后，才可以有结论。"

"知道。"

"琪琪，别听信凌挪亚鬼话连篇。"

琪觉好笑："他有他的发言权。"

"琪，陪我去舜村。"

"家成，我被禁足，一年不能离家。"

"班家需要答案。"

琪竟为难，果然，挪亚也有道理，吴家成为着他的原则，似乎要求雷琪隐瞒父母陪他旅行。

吴家成看出她的迟疑："你缘何对毛狗血缘起疑？"

"他家人轮廓过分鲜明。"

"少数民族如维吾尔族根本像高加索人。"

"永生与毛狗父子均有一双琥珀般棕绿色眼珠。"

"啊，为什么没有实时对我说明？"

"我们做遗传学的人也不能冒失鲁莽，总要找得实际科学证据才能说话。"

"什么时候开始追溯证据的？"

"那面七彩鲜活的飞虎锦旗，家成。"

家成懊恼："我好不愚鲁，竟未察觉。"

琪把下巴枕到他厚实肩膀上："有自知之明，总算不太坏。"

家成凝视她："你可补充我不足之处。"

琪好不享受他富有弹性的臂肌。

"告诉我你的感情生活，像过去有几个女友。"

"此刻只有一个而已。"

"有无试过失恋。"

"如果她拒绝，恐怕有此遭遇。"

琪锲而不舍："有无向女子求过婚。"

"最近将来打算开口，又怕对方不应允。"

琪忽然张口咬他手臂，这一口咬得不轻，但吴家成没哼半句。

"琪，我们先到加州探访班氏家族。"

雷琪对父母说旅行。

琪爸叹口气："女大不中留。"

雷琪觉得有趣，华裔对付任何情况都有现成的谚语，真是，五千年文化历史，什么没见过。

雷父叫吴家成见他，喃喃教训许久，再把女儿叫进书房。

琪父说："家成是军人。"

琪答："他将转文职。"

琪父吁口气："军方何来文职。"

"咦，军校需要导师。"

"有紧急时，他仍然要武装起来。"

"爸，如有国家大事，凡民皆兵。"

"你自幼善辩，我的意思是，你们两人职业都有凶险之处，不如改为教书，正常安全得多。"

琪琪微笑："是，找一间乡镇学校，日出而作，日落而息，暑假陪爸妈旅游。"

琪父大喜过望："正是。"

"但保不定一颗巨大陨星坠到地球，不偏不倚，压到这个乡镇。"

琪父气结。

吴家成暗暗好笑。

琪妈劝说:"你哪里讲得过她。"

琪父哽咽:"宛如昨日,一岁大琪琪蚕豆般面孔,胖胖手脚,舞动着要抱,拥有三字词语:爸、妈、狗……"

琪过去握住父亲双手。

她还是跟着吴家成出发。

在飞机座,琪琪仍然枕着家成手臂。

这是亲密女友特权。

在日本,有玩具商制成一只口型软胶大手臂,当枕头用,售予独身女子。

家成轻轻问琪琪:"问酒店要一间什么样房间?"

琪想一想:"一间两张单人床的双人房。"

家成笑出声。

琪瞪他一眼:"此刻自费,省一点好。"

"是,是。"

但是小型旅馆并无此设施。

服务员一本正经地说:"这间房有张双人床及一张长沙发。"

家成看着琪琪,她点点头。

他们放下行李便往班宅。

那儿像所有中等住宅区一般，双行线车路两旁种满树，一间间缺乏性格但十分舒适的小平房，唯一识别是大门颜色，班家是深绿色。

吴家成敲门。

因有预约，屋主立刻开门。

"吴少校请进。"

那是一个年轻的母亲，身形略胖，似刚生养不久，尚未恢复身段。

"我是乔舒亚·班尼特的妻子珍妮。"

"乔舒亚在否？"

"他有事赶往工厂，稍后即返，他请你稍候，并且致歉。"

吴家成说："别客气，这位是法医雷琪。"

雷琪连忙问好。

珍妮端出茶点招待："没想到军部特地派人来，我家十分感激。在英国，据说二次大战军人牺牲，英皇只予家属一封官式电报：'抱歉……'。"

琪这时看到会客室外影子一闪。

她默不作声。

谁？是一只狗吗？

不，琪看到一个小小男孩。

三两岁模样，穿工人裤，圆脸大眼，非常可爱，探头探脑朝客人张望。

琪朝他笑。

这时，楼上传来婴儿哼哼唧唧哭声。

主人说："对不起，我得上去看看。"

年轻的母亲上楼去。

琪向小男孩招手："要吃饼干否？"

那小小人悄悄走近。

他不要糖果饼干，目光羞怯地落在雷琪腕上。

雷琪猛地想起她正戴着一只彩色大号米奇老鼠手表。

她伸出手给孩子看个仔细。

小男孩眼睛睁老大，额头因此堆起皱纹，那神情至为可爱，引雷琪发笑。

她蓦然想起，有一个同龄男孩，也喜欢米老鼠钟表，琪不由得探近去看跟前小孩，果然，他也有同样褐绿色琥珀般眼珠。

啊。

琪轻轻问："你叫什么名字？"

他回答："CZ。"

"呵，你是西素。"

他笑嘻嘻。

雷琪把米奇表脱下，戴到西素腕上，并且教他按钮，一撤下去，手表忽然奏乐，唱出《小小世界》一曲。

西素开心地跳起来。

雷琪掏出手机替他拍照，他把小脸趋近镜头。

轮到雷琪笑。

这时女主人抱着另一幼婴下楼："喜欢孩子？这里还有一名，你可要抱回家？不过，每过半小时哭一次，而且臭不可当。"

吴家成哈哈大笑。

男主人也回来了。

致歉，交换身份。

乔舒亚·班尼特长得粗壮，是个须眉男子，直爽坦诚，他老老实实说："那么遥远的历史，我知之甚少，家父也不甚了了。"

"他仍健在？"

"家母病故后，他住老人院，今年六十七？六十八？"

"六十七。"他妻子提醒。

"身体相当好，我们常接他回家度假。"

雷琪走近。

乔舒亚也有同色虹膜。

他说："这是老人院地址。"

纸上写着彼得·班尼特的名字。

"他并无见过生父，他是遗腹子，先祖遗物，可交予他。"

"明白，那么，我们告辞了。"

乔舒亚抱着幼婴送他们到门口。

雷琪与吴家成离去。

西素追出摆手。

雷琪低声说："看到没有，与毛狗一个样子，头大脸圆，表情成熟。"

"乔舒亚好似不甚关心……"

"他有两个幼儿，忙起来连如厕工夫也无。"

"唉，生活把人类情感磨灭。"

雷琪也嗒然。

"我想回旅馆梳洗。"

这时，雷琪看到第一片落叶。

她弯腰拾起，那是一片榛叶，秋季终于来临。

热了像有一辈子的样子。

这时，他们忽然听见班氏邻居家传出叮叮琴声，还有颤抖稚嫩的小孩高歌：

> Plaisir d'amour ne dure qu'un moment.
>
> Chagrin d'amour dure toute la vie.
>
> Tant que cette ear coulera doucement
>
> Vers ce ruisseau qu borde la prairie,
>
> Plaisir d'amour ne dure qu'un moment.
>
> Chagin d'amour dure toute la vie.

雷琪怔住。

　　他在唱：爱人离去，如梦在晨曦消逝，但爱之苦楚，却一生滞留……

　　雷琪泪盈于睫，她赶快上车离去。

　　"明天大早，我们去找老彼得·班尼特。"

　　琪点头。

那一天，我对你说

伍·

「大丞，那一天，我亲口对你说，我会永远地爱着你，大丞，我对不起你，我太难过……」

回到旅馆，家成先淋浴，琪与大学实验室联络，她把毛狗与西素的照片传去："用核对恐怖分子面型之四十二点法分析，看有多少相似，把结论用手机做初步交代。"

同事取到照片，"哇呀"一声："肉眼都看得到两个幼儿几乎是同一人，必是亲属无疑，遗传这件事真正奇妙。"

家成穿着汗衫短裤自浴室出来，看到雷琪专注工作，不禁钦佩。

琪抬起头，看到家成裸胸，他近咽喉处有一撮汗毛，好似杯盖那么大，十分有趣，她真想去摸一摸，不由得脸红。

不一会儿，答案传至，她让家成看。

"噫。"

共有三十二点相似，两人耳朵及眼睛大小形状几乎一模一样。

琪说："我们明日再收集老彼得的照片，那么，西半球的四代写真都齐全了。"

"按照地球生物遗传能力，我们的朋友班氏的传宗接代本事，非同小可。"

两个年轻人笑出声。

那班氏在地球东西两大洲都播下种子，共传四代，全部健存，厉害。

琪放下工作淋浴。

抹身时才发觉浴室门留一条缝。

她一怔，明明记得已经关紧锁实，这是怎么一回事。

她大方抓过大毛巾抹身，一边轻问："你在偷窥？"

她拉开门，看到他站在门边。

他对着镜子，镜子照出了浴缸。

"你的确是名阿兵哥。"

家成笑答："我内心也经过挣扎。"

"是我不好，我没关好门。"

她伸一个懒腰，套上内衣裤。

家成问："你准备好了？"

她看他，发觉吴家成脸上冒汗，奇怪，天气又不热，他为什么发汗。雷琪喜欢男子汗湿：一分耕耘，一分收获，汗珠代表能量与活力，十分性感。

琪温柔地问："你在想什么？"

他别转头："休息吧。"

琪睡在沙发上，一下子扯起轻微呼呼鼻鼾。

家成走近看她，见她蜷缩如胎儿，却睡得舒畅。

刚才偷看伊人出浴，只见她丰乳细腰长腿，叫他吃一惊，真未想到她身段如此诱惑，叫他一颗心差点由胸膛跃出。

——要什么样房间？

满以为有点内向的她会说：两间单人房。

但她却建议双人房。

他一愣，这是什么意思？

是放出信号叫他尽管主动吗？

雷琪不是那样的人，也许，她把他当兄弟、伙伴，觉得可以节省一点。

他太喜欢她。

但是，有否喜欢得愿意与她共度余生？吴家成从来不是一个冲动的人，少年起受严格军训的他最擅长控制情绪，他不会占女性便宜。

他回床上读报告。

不一会儿，他也睡着。

心静自然凉。

半夜，家成听见噗的一声，他在半秒钟内醒来，跳下床寻找声响来源。

在幽暗光线下，他看到琪琪已滚下沙发，跌在地上。

奇是奇在她并未惊醒，继续酣睡。

家成好气又好笑，又甚为心疼：竟这样累，真难为了她。

年轻女子不应吃苦，都该穿上最新颖时装，坐茶室说是非讲笑话才是。但，吴家成，你会喜欢那样的女子吗？

他轻轻抱起她，把她捧到双人床另一边，他自己蜷缩靠另一角。

雷琪一直睡到天亮。

她睁开双眼，刚预备伸懒腰，却看到吴家成亮晶晶双眼凝视她。

她发觉自己睡在双人床上。

这时，家成轻轻说："是你自动走过来。"

啊？琪不相信她会梦游。

可是家成整脸性感的青色胡髭叫她心动。

她轻轻抚摸他下颚。

他想吻她，她却说："我要漱口。"

还是没有准备好。

这是不能勉强的一件事。

但吴家成忍不住紧紧拥抱她。

琪琪忽然泪流满面，家成只把双臂勒紧一些，并没有问她原因。

稍后，琪琪轻轻推开，进浴室梳洗。

家成打了几通电话。

琪琪出来，他对她说："这是我的计划：我们先退房，再到宇宙长者护理院探访老彼得。然后，陪你回家。"

"还要回家？"

"我查询过，舜村天气渐冷，晚间只到三四摄氏度。"

"啊，需要冬衣。"

"大陆性气候，日夜相差十多摄氏度，冬夏差异三四十摄氏度。"

"好，就如此安排。"

他们收拾妥当出门。

家成已刮干净胡髭。

他俩吃过早餐才出发到老人院。

两人都能吃，没想过节食：整叠可丽饼、双蛋火腿。

家成诧异："你吃那么多却仍然四肢瘦削。"

雷琪不答，她自知胃口也不过最近才好转。

中年女侍恰恰听到，一边替他们添咖啡，一边搭讪："别担心，过几年，你太太生了孩子就会珠圆玉润。"

琪只是笑。

他们驾租车往老人院。

那护理院虽附设诊所、驻院医生及看护，但住客全部健康，可独立生活，他们选择住该处是喜欢与同龄人士群居，像有些学生喜欢宿舍，各式活动与膳食都有专人照料。

吴家成对服务员说要找彼得·班尼特。

那人查一查："彼得在二楼二○三室学跳舞。"

雷琪与吴家成面面相觑。

他俩迫不及待小跑步到二楼，推开门，看到好几个长者在学舞，节奏活泼，音乐劲度十足，导师正示范森巴。

老学生们忍不住扑哧笑，一边举起双臂，跟着步伐一起前进后退，快慢不一，脚步不一定准确，可是高兴无比。

啊，做人确应如此，七老八十又如何，只要四肢还能运动，更加要寻欢作乐。

家成与琪琪不约而同笑出声。

有人扬声："找谁?"

"彼得 B。"

有人举手："这里。"

看过去，只见一名老人精神奕奕丢下舞伴走近。

他皮色红红，高大健硕，有一个小肚子，一脸皱纹，却无颓态，真是老人典范。

他笑嘻嘻问："这位漂亮的小姐找我何事？"

雷琪连忙自我介绍，把吴家成来意告知。

老人脸色凝重起来。

"啊。"

他与两个年轻人到会客室坐下。

家成给他看地图："这里。"

他很坦诚："对生父，我并无丝毫印象，我房里有一帧他与母亲的合照，如此而已。我与养父史密斯氏更为亲密，他是好人。"

他带他们到住宿单位。

服务员把房间收拾得井井有条。

雷琪看到黑白带黄老照片，四十年代服饰，一对二十岁左右年轻男女合照。

"他们很漂亮。"雷琪由衷地说。

老彼得回答："像电影明星。"

"可以让我扫描否？"

"请自便。"

琪自背囊取出笔状扫描仪把照片记录下来。

老人说："你们此刻用的法宝真像科幻小说中形容的一般神奇。"

雷琪微笑。

"家母说，当年他不知她怀孕。"

琪恻然。

"葬礼可是在阿灵顿举行？"

吴家成点头。

"我会出席，他是英雄，我很骄傲，有一个老兵曾经说过：那些回不来的，才是英雄。"

他与两个年轻人握手。

才走到走廊，已有老太太声音传来："彼得，你溜到什么地方去了，找你呢，今晚康乐会，你是我指定舞伴。"

老彼得咕咕笑："由谁指定？"

"上天。"

雷琪忍住笑走出护理院，这班老人恁地有趣，人老心不老，互相调笑做伴。

她说："我真替他高兴。"

"没想到他那么开心。"

"他得到身体健康与心情开朗的最佳遗传。"

两人松口气。

他们乘飞机回去。

家成先陪琪琪回家。

来开门的竟是凌挪亚。

家成忍不住脱口而出："你怎么还在这里？"

挪亚没好气："你呢？你为何频频进出雷家门？"

雷琪忍不住笑。

这阵子她老是笑得合不拢嘴。

她叫大姐。

雷净下楼来："琪琪，回来啦。"

"爸妈呢？"

"坐船到加勒比海，为期两周。"

"挪亚一直住这里？"

她点点头："我留住他，他不反对。"

"你喜欢他？"

"非常钟情。"

"我真替你高兴。"

两姐妹拥抱一下。

"挪亚已见过两兄弟，他们很谈得来。"

挪亚做了咖啡及青瓜三明治给琪琪。

琪说："有无汉堡，家成也肚饿。"

"你净挂着家成。"他回转厨房。

这时家成轻轻走近。

大姐拍拍桌子："你坐，家成，我有话说。"

家成端着杯子坐近。

大姐低声说："我年轻时，有一个亲密男朋友，在一起七年之久，七年，家成，抗战也不过八年。整整七年，自二十一岁到二十八岁。他是一个未成名挣扎中的演员，经济情况不是很好，我负责大部分开销。他极之英俊，又能叫我笑，最难得的是，彼此都不计较将来。"

家成静静聆听。

"但是，有一日，某著名导演看到他，惊为天人，大胆起用，撰文说：不明白何以那样英俊及如此具有天分的演员，会埋没艺海八年之久，他接拍上下两集惊情影片，便红起来，这时，我们的感情也起变化。"

这是必然之事，但仍叫人唏嘘。

为什么，为什么把这个故事告诉他？

"我在报章娱乐版看到他与艳星合照，那年轻冶媚女子裤子短得像没穿般，烟雾眼，舌头卷伸，像是在说：你不知我会做什么……我立刻退出，成人之美。"

吴家成不出声，他心里说：做得很好。

琪琪伸手去搓揉大姐的背肩。

"整整三年，我不再约会，可也没专心工作，我不是恼怒，也非伤心，而是失望。"

琪把头靠在姐姐肩上。

净说下去："然后，凌挪亚骤然出现，咦，这人'卖相'好不英伟，正是我喜欢那一型，他做什么职业？考古学者，噫，多么有趣，协助发掘秦始皇陵墓，哗。"

家成很替她高兴。

"多谢你俩介绍他给我认识。"

琪答："举手之劳。"

姐不觉凌挪亚有强烈汗臊臭？可见两人化学作用见功，真难得。

大姐说下去："家成，我要说的是，世事往往意想不到，上天总会给我们活下去的原因，原来一颗心可以重生，而我，三十过后还有生命。"

家成这时发觉，雷净该番话是对她小妹而说，不禁感动。

雷琪把脸贴着大姐的手心一会儿。

净看着妹妹："小时候，才半岁大，她会扶着家具学走。夏季，穿一点点衣服，大家叫她猪肉女，浑身是肉，我们时时假装咬她，她呵呵笑，怎也想不到猪肉女会做法医。"

家成微笑，如今琪把肌肤都收起。

这时挪亚才做好汉堡招待家成。

家成郑重道谢。

挪亚见他态度突变，有点纳罕。

琪琪说："我们收拾一些冬衣随即出门。"

"琪，爸妈叫你无论去何处都要小心。"

"明白。"

净把她羽绒大衣与开司米[1]毛衫借出。

---

[1] 开司米：即 cashmere，羊绒。

"会穿坏。"

"坏了买新的，衣服嘛。"

琪又答："明白。"

"真的听懂？"

"再真确没有。"

冬衣占面积，净帮妹妹用真空袋包装，抽走空气，变薄薄结实一片，方便携带。

挪亚起疑："你俩去北方？"

琪回答："有备无患。"

那边雷净唤他，他飞一般去了。

家成轻轻抚摸琪的额角。

琪搭讪说："她不觉得他臭如猴子屁股。"

家成笑至落泪。

他们四人晚上在张主任家晚餐。

张太太与雷琪在厨房张罗，家成突觉幸福，嘴角含笑。

主任轻轻问："打算求婚没有？"

"我已经准备好，只怕她不答允，一次不成，再也不好提第二次。"

"总得开口，早胜过迟，指环不可少，她戴上指环，即你已落定。"

家成见张主任说得有趣，不禁微笑。

雷净趋近。

家成解开衬衫纽子，只见一胸汗毛，他脖子上挂一条细绳，圈住一只指环，他解下给主任欣赏。

指环细细一圈白金，以为没有钻石，可是看真了，有一颗比米粒还小闪亮的宝石。

本来，由那么高大英伟男子珍惜地拿出一只如此卑微指环，应当突兀可笑，但世上有诚意这回事，一向重感情的雷净顿时感动得泪盈于睫。

这时吴家成低声解释："我走进首饰店，讲明预算，店员十分和气，给我看这只指环。"

张主任赞道："十分适合琪琪身份。"

雷净在一边忍不住加把嘴："世上最漂亮的钻戒。"

吴家成笑起，更显得剑眉星目，神清气朗。雷净想，我姐妹俩要人，不要金。

雷净问："你知会父母无?"

"他们很开通，一早宣明，只要子女快乐，我们爱的，即他们所爱，求婚成功后才知会他们。"

"啊，相比，我家简单得多，雷家欢迎你。"

"雷先生他……"

"他面硬心软，再说，不由他做主。"

吴家成骇笑，雷家男人仿佛没地位。

他把指环小心翼翼穿回绳上戴回脖子。

雷净到厨房，看到小妹坐在一角喝啤酒。

她也取一瓶与妹对喝。

琪说："姐，老到七老八十，我们仍然这样对饮。"

师母在灶前忙碌着高兴回应："姐妹相亲，是世上美事。"

琪把双臂挂姐身上。

"琪，家成打算向你求婚。"

琪怔住："我俩认识不过——"

净接上去："不过一百年。"

琪微笑低头："我还没准备好。"

师母问："妆奁没备妥？"

净回说："老爸早已在我们二十一岁时把公寓房子首饰头面备下。"

琪答："好女不论嫁妆衣，好子不论爷田地。"

师母明白过来："琪琪，有许多事，要倾心而为，再多时间，也准备不来。"

这时张主任在外头叫："老太太，饭菜好了没，肚子饿瘪了。"

师母笑："这就是婚姻生活。"

他们吃得十分畅快。

酒醉饭饱，回到家里，家成借雷家书房做联络工作，琪不知不觉在沙发盹着。

梦见自己在厨房做菜。

锅里满满是一只红烧大蹄髈，正是文丞最爱吃的菜，她满心喜欢，叫他，可是嘴里发出音响，却是"家成"二字。

她掩嘴，呵，太过无情，叫错人，这么快就叫错名字？呵，真是没良心的浪荡女。

琪琪饮泣。

忽然听见有人说："别难过，别难过。"

谁？大丞，是大丞吗？

是他，但看不清他的脸容，只见一团荧光，琪号啕痛哭："大丞，大丞。"

他走近一点。

"琪琪快别哭。"

"大丞，那一天，我亲口对你说，我会永远地爱着你，大丞，我对不起你，我太难过……"

"琪，你也答应过，你会往前走。"

琪琪掩脸。

"去，好好去生活，我想你快乐。"

"不，不，我的诺言……"

"别难过。"他的手臂围绕着她。

琪琪像伤心的幼儿般呜呜哭泣。

她明晰听到耳边有人说："别哭泣。"

她睁大泪眼："呵，家成。"

是吴家成蹲到她身边用额头抵着她额角叫她别哭。

他的胡髭扎到她的脸，她曾调笑他的胡髭过浓找不到嘴唇。

琪琪用手摸到他丰满嘴唇，深深吻他。

家成把她樱唇轻轻含在嘴里。

有人大声咳嗽一声："别理我，我用传真机。"

家成叹口气："又是你，凌挪亚，终有一日我会叫你流血。"

挪亚举起双手，退出。

家成轻轻问："做什么梦？"

"大考不及格。"

家成微笑："明日我们出发，重回舜村，我利用假期出游，两人均平民身份。"

"我要你全程背我走。"

"一定。"

他紧紧抱着她。

琪琪忍不住又哭泣。

第二早凌挪亚驾车送他们到飞机场。

他说："少校，你的衣服不够。"

"不过是初秋。"

"少校，山区日夜气温难测。"

他把一袋冬衣递给家成。

琪笑问："你知他去何处？"

"我并不是你想象中那般愚鲁，否则你大姐不会喜欢我。"

琪问："几时注册？"

"下月。"

"哗，闪电一样。"

"感觉一直在等一个那样的可人儿，感激雷爸雷妈生下她，多谢你介绍我俩认识。"

琪颔首。

说也奇怪，她贴近挪亚坐，这时，却只闻到药水肥皂味。

呵，都愿意为爱人改过。

在飞机场，吴家成一直拉住琪琪的手。

凌挪亚对家成说："好好看守我小姨子，要……"不善普通话的他忽然运用成语，"要视如拱璧。"

大家都笑。

那一天，我对你说

陆·

大妹姐并没哭泣，她走近，爱里没有害怕，她握着老人干枯的手。

在奥都飞机场着陆，取得行李，家成已叫琪琪看灯箱墙。

七彩 6 英尺 ×4 英尺的灯箱中，人那么高的舜族装束满头银饰美女巧笑倩兮，"请到舜村观光最新建设成功的水坝""各种独特少数民族节目美不胜收"。

背景是一座正在放洪的宏伟水坝，激起水花，形成彩虹。

琪瞠目："我有没有看错！"

吴家成的联络人来接飞机，开着一辆吉普车，把车匙交他，兴奋说："谁会想到千年不变的舜村会变成旅游区！"

雷琪忍不住说："才短短个多月……"

"高峰期千人一起开工，众志成城，配套设施有旅舍、食肆、吊车、机动游戏……你们不会失望。"

琪琪不出声。

香格里拉变游乐场了。

什么都阻挡不了发展的大洪流。

"茶农苦尽甘来。"

小路已被开拓成为双线通车的簇新柏油路，成群十四辆车停在路边，司机大声招徕："载你去舜村，单程一百，双程百六，包车三百。"

雷琪傻了眼，再也听不到两旁凤凰木上鸟鸣。对，路旁两排伞一般的火焰红花影树呢，全部砍伐殆尽。

琪心中大叹可惜，嘴里不好说出声来。

吴家成全明白，拍拍她手背。

车子驶到距舜村还有一里路左右，他们看到一个现代化停车场。

服务员笑眯眯走近："欢迎来宾，停车一日收费二十，那边有竹轿可坐，载你上山，不必劳动双腿。"

琪琪气得反而笑出来。

好好的朴素茶农被观光事业茶毒成锱铢必较的小贩，

可恶。

抬轿工人一拥而上:"坐我的。""不,我的好。"……

吴家成与雷琪决定走路。

他们把行装扛背上,家成是军人,七八十磅根本不是问题。

一路步行上舜村,只见本来初秋应可观赏到的橙红黄棕秋色此刻都不再见到,被路边沿山而筑各式买卖摊位所挡。

各种摊位售卖小食、茶果、纪念品、服饰甚至手杖、地图,林林总总,想得到的有,想不到的也有。

忽然间,一队男女少年穿着民族服装冲着游客边跳边唱:"欢迎!欢迎!"

家成护着琪往上走。

坐竹兜轿的游客在座椅上乐不可支,举起相机拍照。

琪琪轻轻说:"我最恨人抬人,轿子、人力车,都最讨厌。"

家成还是第一次听到琪对事物有如此强烈反应,不禁高兴,这女子像是复活了。

一路走上，忽然听到有人叫他们："吴少校，雷组长，是你们！"

琪一转身，看到熟人永生，他穿着滑稽的袍子，上边大字写着"永生面档"。

琪再也忍俊不禁，笑至弯腰。

"你好吧，永生？"

她上前握住他双手。

那老好人眼眶红红："不是做梦吧，我家天天想念你俩，今日可盼到你俩探访。"

"你开了面店？"

"是呀，小小碗担担面，三口吃完，分大辣中辣小辣，尝尝来，店外坐，生意还不错。"

就在这时，一个人走近，拍打雷琪与永生的手，一边吆喝斥责："哪里来的野女人，拉住我老公的手不放，岂有此理……"

雷琪慢半拍，才知道骂的是她，连忙退后一步，惊与羞，整张脸红透。

吴家成连忙挡在女友身前："对不起，你误会了，我们与永生是老朋友。"

那染棕红色头发穿高跟鞋的年轻妇人瞪他一眼:"你好好看住女朋友。"

这醋妇想必是永生嫂,咦,她怎么回乡来了?想必是面档生意不错之故。

永生见妻无礼,羞惭十分,喝道:"你瞎说什么?蠢妇你……"

大家正尴尬,忽然听见清脆的一声"琪琪,琪琪",一个小小人儿奔出。

雷琪一转身,看到毛狗朝她跑来,这小小人儿一刻不见,不但长高,而且胖不少。她本想抱起他,又怕永生嫂不高兴。

说时迟那时快,毛狗已揽住她大腿。

永生嫂忽然退后:"呵,你就是琪琪?对不起,对不起,永生与大妹姐时时说起你,是我不好,我没认出贵宾。"

她忙着鞠躬。

雷琪怎会计较,忙蹲到一旁与毛狗说体己话。

"好吗？上学没有？习惯新生活否？"

毛狗大眼凝视雷琪，那么小，双瞳已会说话，将来不知会迷倒多少女孩。

在一旁的吴家成忍不住说："多像西素。"

真的，与西半球的小西素一个模子。

这时，毛狗忽然看到雷琪腕上米老鼠手表。

他一怔，双眼睁得更大，琪连忙笑着由背囊取出同款手表替他戴上。

他紧紧抱住琪琪的腿。

永生讪讪说："这孩子，被你们宠坏，给了钟不够又给表。"

"大妹姐呢？"

"她不喜热闹，她在家。"

永生嫂端茶果面食出来。

"先吃一点，我带你们看成功水坝。"

那小碗担担面麻辣可口，琪琪激赏。

她轻轻问："你们家不种茶了？"

"种，种，减少生产。"

"做生意收入比较好？"

"稳定一点啦，不必日晒雨淋，没那么辛苦，看天做人，旱与涝，都影响收成。"

是不容易，雷琪都明白。

但从此，永生从士农工商的阶级，下贬两等。

"我们现在十点开工，下午六时就好打烊，小费很多，哈哈哈。"

民生最要紧。

"你忙你的，我们自己上山找大妹姐。"

"不认得路可以问。"

他俩上山来。

不一会儿，看到宏伟的新建水坝，原本仙境般亮丽的瀑布及儿童戏水的碧蓝潭水，全部淹没。

雷琪失落到极点，不舍之情，尽露脸上。

家成低声安抚："可是，全村有电用了。"

"要电何用？"琪琪赌气，"风景尽毁。"

"雷组长，你二十四小时用电，计算机电信一有阻滞，必喊救命，怎可批判人家。"

琪琪惭愧地说"是，是"，她饱人不知饿人饥。

他们站在水坝下游，该处有一座平台，家成一指，琪看到告示："鲜丽民族求偶舞每日下午二时及四时表演两场，星期六、日加演中午十二时场，请预购门券。"

雷琪气结。

那神秘灵性的求偶舞竟变成庸俗的娱乐表演！

她苦笑，还有什么新招？

家成握着她的手再往上走。

海拔略高，气温骤降。

永生家不见了，搬往什么地方了？

问途人，老乡民一指："后边山。"

幸亏不远，转到另一边，看到一列砖屋。

琪琪一变常态，叫出声来："大妹姐。"

有人开门张望："雷组长——"

大妹姐奔出门，丢脱一只鞋子，一手拉住雷琪，另一只手拉家成，第一句话就问："你俩成婚没有？"

家成大言不惭："快了。"

琪琪只是笑。

家成说："大妹姐，有事找你帮忙。"

"一定办到，请尽管说。"

"舜村变化很大，我们刚才见到永生及毛狗。"

"吵坏人，我很少下山，你可看到我媳妇，每日打扮得妖精似的站摊档招徕，城里没好处，又回转乡镇。唉，不说她了。"

两人只是赔笑。

"唯一得益人是毛狗，去幼儿班才两天，已经会写舜大丞三字。"

大妹姐笑咧嘴，看得她老怀大慰。

她额角皱纹似乎更深。

"你们这次来何事？"

这时门嘭一声推开，永生嫂回来，打断话题。

大妹姐只好说："我去斟茶给客人。"

那染棕红色发的女子坐在人客面前，搭讪说："两位自金山来？"

雷琪想说：过去，今日，未来，世上都无金山，只有移民先祖血泪史。

"那处是否十分华丽，全是最漂亮的化妆品与服饰，电子器材与汽车洋房……"

她取出照片："这是我朋友的住宅，她嫁到金国，住到皇宫般屋子里，真羡慕。"

雷琪接过照片一看，吓一跳，那不是住宅，那是首府著名的国会图书馆前门。

琪不知说什么才好，又不能戳穿谎言。

永生嫂年轻无知，且明显地不太好学。

她讪讪问："雷组长，你这次来，可带着什么好东西？"

琪一怔："我有一盒糖给毛狗。"

她自背囊取出水果糖。

永生嫂不屑："化妆品呢？"

琪把整个化妆袋交给她视察。

"什么？"她非常失望，"只有一罐玉兰油及洗面膏，你不打扮？你没有迪奥、香奈儿？"

琪看着她关公似的两道眉毛发愣。

吴家成忍不住笑："她是书呆子，她就是那样。"

"唉。"

永生嫂叹气。

她丢下客人走开。

家成看着琪琪笑："我就喜欢她那样。"

大妹姐端出茶，琪琪喝一口，又甘又香，觉得老好旧舜村像是又回来了。

大妹姐又取出一只小小竹盒："雷组长，你送礼物给毛狗，我也回些薄礼，小小意思，不成敬意，请你笑纳。"

"呵。"

琪连忙站起。

"你看看还喜欢否。"

琪打开盒子，只见一对银梳，梳头各镶着红木雕刻的一朵祥云。琪爱其古朴，喜欢得不得了，笑逐颜开，拥在怀中，不打算退让。

"如不嫌弃，出嫁那日，插在鬓角，大好兆头。"

"明白，明白。"

"她们年轻一代，嫌村里村气，不喜欢，外头新玩意儿实在太多。"

这时，吴家成趋前身子，在大妹姐耳畔轻轻说几句话。

大妹姐一怔："想见毛狗祖父，永生爹爹？"

雷琪连忙答："是永生的祖父。"

大妹姐讶异："你们见他干什么？他是百岁老人，不愿见客，你们可是要为他写传奇？"

雷琪微笑。

吴家成恳求："请为我们介绍。"

"我每隔一天总上山去给他带食物与清水，明早，可要跟我一起？"

"他完全健康？"

"到底耄耋，耳朵与眼睛不太灵光，但神志清晰，算是大幸。"

"明日我们跟你上山求见。"

大妹姐问："今晚你俩宿何处？我这里有的是空房，一左一右全无人住，永生也分配到一套住所，我们家房间充足。"

"那就打扰了。"

他们把行李卸下。

琪琪嚅嚅说："其实我还有一管口红。"

真寒酸。

家成紧紧抱住她。

晚上，大妹姐做好丰富晚餐，永生一家三口陪客人吃喝，他们天生热情好客，连永生嫂都不那么夸张，忙着递菜劝酒。

永生忽然轻轻唱起："有朋自远方来，不亦乐乎。"

毛狗把那只珍藏的米老鼠闹钟取出与琪琪把玩。

家成与琪琪酒醉饭饱。

大妹姐说："雷组长，我们现在有自来水，你请梳洗。"

永生嫂给他们拎大铜壶热水进房。

民生的确进步得多。

他俩各自休息。

到半夜，家成听见窸窣响声，有人推开门，又轻轻关上门。

家成何等明敏，早已醒来，心里好笑。

这再也不会是别人，当然是化妆袋里只有一瓶玉兰油的可爱雷琪。

她轻轻挤到他身边。

他转过身去。

"冷……"

家成很紧张："挪亚给我一件电线发热外套，我给你取来。"

电光石火间，吴家成突然领悟，琪琪并不真的怕冷，她有心进房与他温存。

蓦然间他心花怒放，自觉一生最快乐甜蜜是这一刻，连考取西点军校那日都比不上。

"琪琪——"

"嘘。"

他紧紧抱住她。

这时，民舍内已有电灯，可是两人都不觉有开亮灯必要。

"琪琪，我爱你。"

琪悄悄落泪，以为失去大丞之后，不会再有，可是上主待她特别恩厚，吴家成又出现。她不会比较两个优秀男子，她只觉幸运。

隔一会儿，她轻轻答："我也是。"

琪伸手摸索家成的脸，他长得英俊，第一眼看到，她心中便讶异竟有这样好看的军人。

家成低声说："在张主任家，一抬头，便知道是你没错。"

她伏在他胸前，脸依偎着他浓密体毛，没想到质地如此柔软，简直像小动物一般。

琪咕咕笑。

两人都太累，忽然间松弛，竟没有进一步亲密。

拥抱着酣睡。

晨光第一线照到雷琪眼皮上，她醒来。

不禁好笑，又一次钻到家成身边，可见她多么渴望异性的安慰。

她仰头看吴家成，只见他一颗青色须根，好不男子气概，浓眉长睫，高耸鼻梁。有些能干妈妈就有这个本事：子女竟如此漂亮。

琪忽然看到家成脖子上一条细绳不知穿着什么。

她好奇，看仔细一点，原来是一枚指环。

她眼尖，见到细环内侧刻着英文字母：给 QQ，CC 爱。

呵，是给她的，琪眼泪涌出，他一早准备好求婚。

琪悄悄地把左手无名指套进指环，大小恰好。

这时家成一动，颈上绳子扯动，他醒来。

看到情形，他欢喜得发愣。

终于他轻轻问："雷琪琪，你可愿与我结婚？"

琪答："愿意，家成，愿意。"

他把绳结解掉，握住琪琪手深吻。

这时，门外有咳嗽声，大妹姐问："两位准备上山否？"他们连忙跳起梳洗。

吃过大妹姐做的肉末烧饼，他们三人出发上山。

大妹姐带的供给品给吴家成一手拎过抢着背上。

大妹姐嘻嘻笑。

上山的路总是崎岖，雷琪有点喘气。

家成取出小罐氧气给她嗅闻。

大妹姐称赞："多体贴。"

家成明知故问："太祖公究竟几岁？"

"我们不大细究，老人，不可提醒他们多大年纪，否则他们会想：噫，九十多了，怎么还在世上？他们会放弃。

又再者，邪恶神灵会注意：这人凭什么活这许久？"

"是，是。"

到了高处，他们看到一间小茅屋。

啊，琪忍不住喊一声，这同山水国画中小屋一模一样，又像武侠小说里不知名侠士居住之地。

只见低低篱笆里有鸡只进出，有一只漂亮白公鸡跳上竹篱，喔喔喔啼。

天全亮了，但山顶有雾。

一缕白烟自烟囱冒出，雷琪喜悦，推开竹门。

家成低声说："让大妹姐通报。"

他取出一只信封："大妹姐，麻烦你交这个给老人。"

大妹姐踌躇："不会惊动他吧？"

她还是推开门进去了。

两个年轻人在门外等。

这时，天空忽然飘雪。

小小一颗颗，疏落地往下飘，又随地面暖空气上升，轻若无重的雪花又往上扬。

琪琪看到，连忙伸出舌尖接住那第一瓣雪花。

另一朵落在她额角，家成走近舔去。

他俩紧紧握住双手。

这时大妹姐轻轻走出。

她说："今日晚了，他说累，不见客。"

才早上七点多。

可是，在这间童话般小屋里，老人是主人，这是他的世界。

"你们明天凌晨再来，他每早四五点就起来。"

"明白，大妹姐，那封信……"

"我已放在他案头。"

"劳驾你。"

大妹姐微笑："多留你们一天也是好的，我与你们参观新设施。"

雷琪不识抬举，竟然摇手说："我不要坐吊车。"

家成轻轻推她肩膀。

"吊车座位要预订呢。"大妹姐笑，"我也不喜欢，排队人龙嘈吵，又引来不少小贩，我与你们去看乡公所。"

原本的茶田砍光光，老远就看到斗大鲜红楷书：成功乡公所。

走近，雷琪发觉那块地是他们数月前扎营之处，今日已被平房占据。

连一株百年大槐树也被砍掉，那槐树多枝丫，孩子们喜欢把树枝当单杠，双臂吊在上头像猴子般荡来荡去玩耍，如今连这个卑微乐趣也失去。

可是乡公所内笑声闹声不绝，这是怎么一回事？

客人踏足进内，才发觉柜台设有收费服务，一块白板上列明各种服务价格：电话、长途电话、传真、影印……差点就有网吧。

内角一个房间客满，雷琪问："内里做什么？"

一个年轻人笑嘻嘻挡门口："里面正播放电影，请往那边购票，不过今日已全线满座。"

琪听见小型戏院里爆出热烈掌声，在门缝一看，只见是大型投射银幕上播演好莱坞动作电影。

雷琪不知好气还是好笑。

大妹姐轻轻说："这些都是现代设施，终于跟时代接上头。"

可见在乡民心中，现代化的好处还是比较多些。

他们一路走去，只见每种设施都立着一块花岗石碑，刻着字样，而且笔画凹位必然填上夺目红漆。

琪叹气。

家成轻轻说："最近去巴黎的人都说连埃菲尔铁塔都层层张灯结彩，并且在塔顶装上旋转探照灯，不可思议，不明白人类品位到底是怎么搞的。"

琪琪笑。

家成忍不住亲吻她额角。

"公众场所男女亲热，不知可要受罚，入乡随俗。"

两人都笑。

"信封里是什么？"

"那张在彼得·班尼特处扫描到的男女合照相片。"

"噫，老班氏与他当年爱侣美妮合摄。"

"正是。"

"家成，老人会否大受刺激，这……"

"他不是普通老人。"

"但我们仍然造成骚扰。"

"一个人的过去迟早会追上。"

"他已再世为人。"

"这件事是你与我的职责。"

"法律不外乎人情，家成。"

他沉默一会儿："但愿我们搞错。"

两人紧紧握住手。

家成说："可要通知家里我俩已经订婚。"

"家里只有大姐与挪亚。"

"这凌挪亚像是想做上门女婿。"

"你呢，你可愿意？"

"琪琪，你怎么说，我怎么做。"

两人商量第二早凌晨三时半上山："带着咖啡壶及那件会发电热的大衣。""最好有烧饼油条。""你先敲门。""不，女孩好些，你声音悦耳。"……

他们回舜村休息，教毛狗玩乐高积木。

大妹姐在一旁说："那么喜欢孩子，将来多生几个，你们又不限生产数目。"

琪答："家有婴儿，半步走不得，两小时喂一次奶，又臭又脏。他们一有病，父母吓个半死，好不容易带大，又几乎个个都忤逆。"

大妹姐笑："你小时不听话？"

琪琪羞愧："我从来不是一个尊重父母意愿的孩子，我兄姐比较温顺。"

"看不出。"

大妹姐替他们准备一张可折叠竹椅。

琪忍不住称赞设计精妙："到欧陆名家手中，又是一件极佳环保作品。"

他们携着粮草、饮料、睡袋星夜上山。

"像不像程门立雪？"

琪琪普通话比家成好一点，她向他讲解那句话。

缓缓走到山上，一路抬头找星座，可惜这日密云。

他们靠戴头顶电筒照明。

家成忽然说："我喜欢孩子。"

来了，一下订就开始讲条件。

琪不出声，暗暗好笑。

"婚后三年内最好已经有第一个男孩。"

琪一怔，他的要求十分明确。

"我喜欢顽劣男孩，我亲自教游泳、足球以及驾驶，希望十三四岁已有女孩燕语莺声来找，你说如何？"

琪说："我走不动了，你背我。"

家成毫无怨言一把背起她，气不喘，继续向山上走。

"机器在你身上，靠你的呢，琪。"

琪琪轻轻在他耳边问："不想要女儿吗？"

家成笑："那，就添多一个女孩好了。"

"小时，我们家有只小玳瑁猫，十分嗲腻，专缠住人不放，人到哪里，它跟到何处。到最后，它索性蜷缩在我们拖鞋面上，跟着走。把它放回地上，它用爪钩住我们衣裤，吊在那里大半天不放。爸妈说，我就像那只猫。"

家成意外惊喜："什么，你像那只猫，你会缠人发嗲？"

"嘿，吴家成少校，你不认识我。"

"你会是那样的女子？"

琪琪微微笑。

"我改变主意，我要三个小女孩。"

琪琪哈哈大笑，笑声在深夜传出老远。

踏过地下草地沙沙响，他们知道地下结霜，甚至有薄冰。

到了。

家成放下琪琪，呼出一口雾气。

两人摊开竹椅，家成低声说："静一些，别吵醒他。"

他们轻轻坐下，家成取出一副红外线夜视镜，琪琪觉得有趣，戴上四周围观看，漆黑的晚上忽然一草一木均一清二楚。

两只狗在竹栅内醒来，呜呜作响，但无吠声。

他们坐下喝咖啡。

吴家成法宝甚多，他又取出手提电话那般大小仪器，开着，对牢茅屋，小小荧幕上出现一团红色人影。

琪知道这是热能探索器，屋里的确有一个人，他躺着的姿势。

受侦察的人一点隐私也无，琪又怀歉意。

家成知她心意，拍她肩膀。

她伏在他一边肩上，不住搓揉，家成微笑接受，乐得心花朵朵开。

两人渐渐静下，这次，琪真觉得寒意。

她窝在家成腋下。

不知过多久，家成推一推琪琪："他起来了。"

果然，小荧幕上那团红色人影，在茅屋内移动。

"他在点火做茶。"

"我去敲门。"

"给他五分钟。"

"明白。"

他俩屏息等待，最后关键时刻终于来临。

五分钟过去，两人轻轻走到茅屋跟前，两只黄狗吠起。

家成连忙自袋里取出狗粮喂狗。

琪琪在大门外说："老爷子，我叫琪琪，是大妹姐及永生，还有毛狗的朋友，可以与你说几句话吗？"

里头"嗯"一声："请进。"

"我还有一个朋友……"

"是吴少校吧？也请进。"

老人声音苍老，但气量尚足，真是难得。

琪琪轻轻推开竹门，吱呀一声，踏足进屋。

她大大讶异。

屋内异常宽敞，一大间，相当暖和，空气流通，四处放着手作模型。他正在小小灶头烧开水泡茶，茶香四溢，有水果味。

老人背着他们，身形高大，略见佝偻。

"请坐。"

琪琪紧张地瞪着他。

家成开口报名："金国陆军吴家成少校，Sir（先生）。"

老人缓缓转身："请喝茶。"

两个年轻人明知直视无礼，却无法控制目光，他俩忍不住瞪着老人看。

只见他戴顶毡帽，一脸皱褶，但高鼻梁，深凹眼窝，分明是个高加索人。

雷琪清一清喉咙，用英语问："班尼特上尉是吗？"

他轻轻坐下："喝茶。"

他的普通话讲得极好。

"终于被你们找到了。"

琪琪噗一声呼出气。

明明是洋人，他的子孙却不觉疑心。

爱的力量真是伟大，他们没有故意守秘，却把秘密守住七十年。

老人抬起头，用透明淡色眼珠看牢他们。

琪从未见过那样老的老人，此刻她只希望父母也可以活到这个岁数，且可自由活动，与子孙说话。一个人，到了这种年纪，蕴藏的智慧会是个宝藏。

雷琪看着老人微笑。

老人问："你们自何处得到这张照片？那是我十九岁时在毕业舞会拍摄。"

吴家成回答："自彼得·班尼特处得来。"

老人一怔："那是什么人？我并无兄弟。"

雷琪看老人一眼，他不知道！

她只好向他解释："班上尉，你离开之前，美妮已经怀孕。"

他浑身一震，不出声，缓缓替客人添茶。

雷琪恻然，把照片给他看："这是彼得。"

老人问一个很奇怪的问题："他快乐否？"

琪取出电子日记本，给老人观看录像。

那是老好彼得与女友跳舞场面。

只见他身手还十分灵活，呵呵笑，满场飞，拖着女伴的手旋转，音乐是《天堂里的陌生人》。

老班氏看得发愣。

雷琪笑："他很快活。"

他浑身微微颤抖。

"这是他儿子乔舒亚，以及乔舒亚的一子一女，请看小西素，与毛狗多相像。"

老人不置信："我在西方也有一个家庭？"

大家沉默。

这时庭园里的公鸡跳上篱笆，喔喔啼叫。

"我不知情！"

"班上尉，当年坠机，你原来生还。"

"是，我浑身鲜血，爬出舱位，昏厥，由众乡民联手把我救活。我躺床上三个多月，他们用土方替我续骨，缝合伤口，把我自死神手里抢救回来。"

琪不出声。

吴家成轻轻说："你为何不与军方联络？"

"手头并无联络设施。"

"和平之后呢？"

"我已成为舜村人，不久结婚生子。"

雷琪看家成一眼，不知说什么才好。

家成把他的任务说一遍。

老人喃喃说："八万五千名失踪军人，每一个都要寻回。"

"正确。"

"我不想回去。"

"可是……"

"我已找到乐土，这么些年来，日出而作，日落而息，舜村乡民只望茶叶在早春不要结冰，初夏可有好收成，我不愿再回到那好勇斗狠、强权称霸的地方。"

吴家成耐心说："班上尉，这是我的职责。"

老人恢复镇静："我明白，你要做你的工作。"

"我抱歉。"

"年轻人，你的坚毅，叫我钦佩。"

"不敢当。"

"这位琪琪，是你的爱人吧？"

吴家成腼腆："她也是该次'英勇'任务的法医。"

"呵，女孩任法医，世界确在演变。"

"班上尉，舜村也正进行现代化。"

"这叫什么，时代巨轮……年轻人，你可熟悉赫胥黎的《美丽新世界》？正是那样。"

他的声音渐渐低落。

雷琪说："班先生你可是要休息？"

"你们还有话要说？"

"我们想采一个涎沫样本，请张开嘴。"

老人张嘴，可以清晰看到，他缺了左上颚一颗门齿及犬齿。

"劳驾。"

"琪琪，我们让班上尉休息。"

"家成，你先出去，我还有话要说。"

家成退出，心中却纳罕。

老人微笑："漂亮的女孩，你有什么疑问？"

琪蹲到他面前："当年，你可爱美妮？"

老人点点头。

"你可曾告诉她，你会永远地爱着她？"

老人叹气，又再次点头。

"后来，为什么你没回去与她团聚，她伤心地怀着你的孩子，日子极不好过。"

"但我死过一次，我的生命，属于舜村，我不知道她那么艰苦。"

他深深懊悔。

琪琪低头："美妮随后改嫁，你可觉遗憾？"

"那人肯定对她很好。"

"我也那样想。"

"我们的生命，充满遗憾。"

琪琪忽然流泪："为什么，那样短短数十年，如此多磨难苦楚？"

老人看着她："美丽的女孩，你不知痛苦是何物。"

琪掩面："我知，我知。"

"少校在门外张望，你跟他走吧。"

"你原谅美妮改嫁？"

"我非常喜悦她得到幸福，她是个好女子。"

琪琪渐停饮泣，她已获得答案。

她站起告辞。

老人轻轻说："要珍惜今日，要呵护吴少校。"

"我明白。"

"再见两位。"

雷琪走出竹门，恍如隔世。

天已蒙蒙亮。

琪紧紧抱住家成。

家成这时真觉得琪似一只小猫，没想到她平日英气逼人的外表下有着如此柔媚一面，吴家成自觉幸运。

"你怎么了你？"

"家成，背我下山。"

"你与老人说些什么？"

"我有太多关于生命的疑问。"

"可请教父母亲，老人与世界脱节已久，已登仙界。"

"你原来这样多嘴啰唆。"

家成咧嘴笑："哦，刚刚戴上婚戒，已经找到缺点。"

琪靠在他颈后，手臂搭住他圆厚肩膀上肱二头肌，她吸气嗅他耳后气息，与他在一起，无论到何处都不计较。

琪喜欢男人，她觉得女子生命中没有男人是一种不可弥补的遗憾。

大妹姐在山脚等候。

"见到了吗？"

琪连忙站到地上："见着了。"

大妹姐殷切地问："你是医生，你怎么看他？"

"体格大致还好，听觉出乎意料地健全，除出高音，听得不错，视力差些，肺功能较弱，心脏工作近百年，算是难得。"

一口气说了那么多，叫大妹姐满意。

"舜村快要设诊所，医生是志工，听说自外国受训回来，那地方叫澳洲。"

琪琪微笑点头。

山路忽然喧闹，一条七彩斑斓的锦龙足有十多尺长，随着鼓锣声舞动，一路跳跃着走向村口。

大妹姐解释："一早有两大车旅客前来观光，永生夫妇半夜出去做面。"

琪琪很替他们高兴。

毛狗奔出："琪琪。"

抱住她腿。

大妹姐说："永生同我说，请求你俩多留一天可好，他说少校与组长订婚，要请大家吃饭。"

琪一怔，看看家成，全村人都知道了。

"不好打扰……"

"已经把菜肉都准备妥当。"

他俩没想到宴会自中午开始，摆下菜肴，有几碟大菜一看便知道早一天就得准备，两个年轻人好不感动，村民在空地摆圆台聚集，共十多桌百来人。

游客闻讯过来凑热闹，导游索性让他们就座，他们得知是订婚喜事，纷纷摘下身上饰物相赠。

一对英籍爱侣羡慕说："我们也到这里结婚。"

游客很快坐满两桌，导游合不拢嘴："以后，每星期举行一次，每人收费八十元。"头脑快，立即变成生意眼。

琪琪头戴银冠银梳，家成胸佩大红茶花。

舜村男女照例唱歌。

山歌声嘹亮，出自真诚，十分动听，男女两队对唱，一会儿把歌都唱尽，眼看女方要输，永生嫂忽然排众而出，她用普通话开始唱：

"哥是天上一条龙，妹是地下花一丛，

龙不转身不下雨，雨不洒花花不红。"

众女一听，立刻和唱——

"龙不翻身不下雨呀，雨不洒花花不红——"欢呼。

女队大赢，众人鼓掌。

一个女游客听得呆了："说什么？说什么？"

琪琪解释给她听。

"啊！我是华裔，我怎不知有这样的歌，这简直是世上第一情歌。"

这并不是舜村专用情歌，但谁管呢，大家已经开始喝酒。

他们欢畅共聚，直至银盘似的月亮上升。

游客们依依不舍乘最后一班车离去。

家成背着琪琪进屋。

两人都觉得幸运得不得了。

家成把琪琪放在椅子上，他蹲到她面前，伸手轻轻拨开她银冠前的璎珞，只觉爱侣色如春晓，双目似星，真是个美娇娘。琪喝了点酒，不但双颊与耳朵红通通，连脖子都是粉红色。

她把头靠在家成肩上，家成失重，两人滚倒地上，他俩拥抱着咕咕笑。

家成说："一生中我今日最快活。"

正在这个时候，有人冒失用力敲门："少校，少校。"

分明是永生的声音。

乡民憨厚，如无重要的事，不会无故打扰。

他们连忙跳起："什么事？"

"深夜叫门，请原谅……"

"永生，什么事？"

他站在门外说："晚宴完毕，我见有一味烧猪肉是太祖公所喜，趁新鲜带一碗到山上。只见太祖独自坐着不出声，不知怎的，气息比往时弱。他见是我，只说一句话，他说：

'与少校说，我将葬在舜村。'"

吴家成连忙穿衣："我们上去看他。"

永生说："我也不放心，索性把他背下山如何？"

雷琪说："我也去。"

原来大妹姐就在门外静候。

她一声不响挽着雷琪，另一手执拐杖，与他们上山。

一路上无人开口说话。

乡民比城里人更容易接受天意安排，他们接近大自然，对于生死荣枯有不一样见解。

他们默哀。

一路上山，不知怎的，这条路也许已经走熟，本应比平常漫长，却反而缩短，他们很快到达茅屋门口。

两条黄狗呜呜响迎上，依偎永生脚下不动。

雷琪知道不妥。

永生提起勇气，深深吸一口气，推开大门。

他们却看到老人背着门坐着不动。

永生以为无事，欢喜地叫："太祖公，太祖公。"

吴家成拦住他，轻轻走近。

老人已无气息。

吴家成不出声，示意大妹姐走近。

永生终于明白了，他低头："我去通知其余家人。"

大妹姐并没哭泣，她走近，爱里没有害怕，她握着老人干枯的手。

琪琪听见她说："这碗肉还有滋味否……"声音渐低，大妹姐低头碰到胸膛。

家成拉一拉琪琪，他们走出茅屋。

"老人与天地同寿了。"

他们缓缓下山，迎面永生领着许多亲友上山，他手中抱着毛狗。

回到民居，家成嘱琪琪收拾行李。

"你打算怎么办？"

家成轻轻回答："证实班上尉已经辞世。"

"正确。"

"我将知会班家到阿灵顿主持葬礼。"

"啊。"

"至于太祖公，他的意愿很明显，他会永久留在舜村。"

若果他们不给老人带来突兀消息，也许……

家成这时已悉琪琪每桩心事，他在她耳畔说："他已是百岁老人。"

琪琪轻轻答："人无百岁寿，常怀千岁忧。"

他们收拾好行李，把一些实用小工具留给永生。

毛狗睁着雪亮含泪大眼，在门旁张望。

家成叫他过去，把一把多用途瑞士小刀送他。

"这是我地址、电话、电邮，毛狗，若有需要，与我联络。"

这时有人在外扬声："这里可有一个舜大丞？"

"有。"

来人是一金发年轻西人，他说："我叫汤默士·吉逊，来自澳洲，我将在舜村小学任教，今日来探望学生。"

毛狗纳罕地看着老师的金发，不信那是真的，忽然伸手去摸，老师不以为忤，蹲下让幼童检查。

琪琪立刻知道这是一个有教无类的好老师。

汤默士抱起毛狗："你们也是志工？"

家成笑："我们是旅客，今日回家。"

汤默士颔首，抱着小孩走出去："舜大丞，我们去看课室。"

毛狗十分高兴，随新大朋友而去。

大妹姐看到行李："要走了？"

琪琪点点头。

大妹姐趋近："真不舍得。"

智慧的大妹姐，由她穿针引线，叫他们完成任务。

大妹姐陪他们走到路口。

他们看到广场上村民闹哄哄围观一台巨型如怪兽般机器，那是什么？两层楼高，大如半个足球场，四四方方，镶着钢板，头部有一小小透明驾驶座位，前端有一支巨型杠杆，连接一只钢爪，那只五角爪有两个人高。

村民啧啧称奇，围住观看。

吴家成与雷琪驻足。

琪忍不住拍摄存证。

"这是什么机器？"

"著名某型号挖土机，单是那只钢爪重十吨，一下可挖起十吨泥土或矿砂，甚至废铁，由瑞典一间重工厂制造，只租不卖，全球只有六台。此刻，有五台在本国操作。"

琪吃惊："它没有轮胎，亦无坦克车履带，如何启动？"

答案来了。

只见巨兽般挖土机忽然用油压式力度上升数英尺，露出底部"Z"形双腿：它不用轮子，它用双脚走路！恐怖。

琪瞪目，那台机器的重量叫它陷入地里数英尺。

竟要如此大规模发展土地。

看样子，一年后舜村及附近一带将有改天换日的变化。

这也许真正是他们向舜村说再见的时候了。

琪拉着家成的手离去。

在飞机上琪问家成："你说，大妹姐一步步带领我们发现真相，这个智能型女子，她是否一直知道……"

家成抬起头："琪琪，我们先去注册结婚，然后回家。"

什么？

"我不想再等。"

"最低限度要找证人，验血……"

"往拉斯维加斯。"

啊。

"点头，琪琪。"

琪琪点头。

他俩转飞机往内华达州。

他们在商场选购一对指环。

登记时雷琪看到吴家成的驾驶执照。

他只有二十八岁。

但家成反而先吸一口气："你只有二十四岁？"

两个人对视大笑。

两人都不想再等，军人最明白人生无常，而雷琪，个人经验告诉她，行动要迅速。

他们取得结婚证书，到赌场大堂参观。

最简单是玩电子老虎机，两个人争着玩，一下子输掉一百元。

"可要往大峡谷观光？"

"跟你在一起，哪里都一样，因此哪里皆不用去。"

"那回家见雷爸与雷妈吧。"

家门一打开，琪琪只见孪生兄弟神色凝重。

"什么事？"

"进来再说。"

"大姐呢？"

他们放下行李，一身汗臭，琪琪只想喝水冲身。

雷妈看到他们："回家来了！"语气不比平常。

雷爸说："叫他们进来。"

他们走进书房，雷爸沉声说："关上门。"

琪琪看家成一眼，莫非他们已经知道了。

琪琪讨救兵："大姐呢？"

雷妈气愤地说："她与凌挪亚私奔，到外省注册结婚后才用电话向我们通报，你爸气得几乎爆血管。"

雷琪意外，张大嘴。

姐妹同心。

琪当下低下头不敢出声。

"我不是要面子，我也不稀罕同亲友交代什么，我只是心灰：把女儿养那么大，总算品貌都过得去，学识也不坏，怎可不通知父母就跟一个陌生男人跑去别省结婚？"

琪琪有点害怕，躲到家成肩膀后。

"那凌挪亚多大岁数，家在何方，我们一无所知。还有，他可有犯罪记录，他可是重婚……"

家成唯唯诺诺。

雷妈垂泪："我伤心到极点，这像什么，没有喜宴，没有婚纱，呜。"

雷父嗒然，忽然想起："你俩去了何处？"

琪琪期期艾艾："爸妈旅行可愉快？"

"你们去了何处？"

家成这时站起，微微一鞠躬："爸爸，妈妈……"

雷氏夫妇睁大双眼：爸，妈？

"我俩已在拉斯维加斯注册结婚，未能预早通知，敬请原谅。"

雷父张大嘴，血不上头："什么？"

雷妈问："什么？我没听清楚，你说什么？"

他俩跌坐到安乐椅。

琪琪走近："妈，我要跟吴家成到首都华盛顿定居，他在那里工作，妈。"

雷父说："我看到眼前金星飞舞。"

琪琪搓揉父亲肩膀："我们可以补请亲友……"

图书在版编目（CIP）数据

那一天，我对你说 /（加）亦舒著 . —长沙：湖南文艺出版社，2019.9
ISBN 978-7-5404-9249-6

Ⅰ . ①那… Ⅱ . ①亦… Ⅲ . ①长篇小说—加拿大—现代 Ⅳ . ① I711.45

中国版本图书馆 CIP 数据核字（2019）第 095661 号

上架建议：畅销·小说

NA YITIAN，WO DUI NI SHUO
那一天，我对你说

作　　者：[加]亦舒
出 版 人：曾赛丰
责任编辑：薛　健　刘诗哲
监　　制：毛闽峰　李　娜
特约策划：李　颖　沈可成　雷清清　张若琳
特约编辑：周子琦
特约营销：吴　思　刘　珣　焦亚楠
封面设计：利　锐
版式设计：李　洁
出　　版：湖南文艺出版社
　　　　　（长沙市雨花区东二环一段 508 号　邮编：410014）
网　　址：www.hnwy.net
印　　刷：三河市兴博印务有限公司
经　　销：新华书店
开　　本：775mm×1120mm　1/32
字　　数：108 千字
印　　张：7.5
版　　次：2019 年 9 月第 1 版
印　　次：2019 年 9 月第 1 次印刷
书　　号：ISBN 978-7-5404-9249-6
定　　价：49.80 元

若有质量问题，请致电质量监督电话：010-59096394
团购电话：010-59320018